실어증입니다, 일하기싫어증

실어증입니다, 일하기싫어증

처방전은 약치기 그림

양경수 그림에세이

혼자 있고 싶어요..
실어증입니다.
일하기싫어증.

오우아

차례

들어가며

“그냥 회사 다녀요”

피곤한 몸으로 잠을 청하지만 내일이 올까 겁이 나 잠들 수 없어.
언제부턴가 멋지게 사는 거보단 먹고사는 게 중요해졌어.
힘든데 너무 힘든데 힘들다 말하기가 힘든 세상이라 더 힘들어.
내 삶의 빛은 보이지 않고 빚이 쌓이네.
내 일이 좋았던 적 언제였나. 내일이 기다려진 적 언제였나.

웃어야 해, 웃어야 해, 웃어야 울음을 감출 수 있네.
참아야 해, 참아야 해, 참아야 아픔을 가릴 수 있네.

모두의 기대에 꿈을 쌓았는데 기댈 곳 없는 현실이 무너졌네.
내 삶을 사는 건지, 아님 누군가 내 삶을 산 건지
참했던 어린 시절 언제였나, 비참해진 나의 시간 언제 왔나.
마르고 건조했던 내 삶이 어느덧 축축하게 늘어졌네.
내 일이 좋았던 적 언제였나. 내일이 기다려진 적 언제였나.

웃어야 해, 웃어야 해, 웃어야 울음을 감출 수 있네.
참아야 해, 참아야 해, 참아야 아픔을 가릴 수 있네.

저기요, 무슨 일 하세요?
그냥 회사 다녀요.
무슨 일 하세요?
저도 그냥 회사 다녀요.

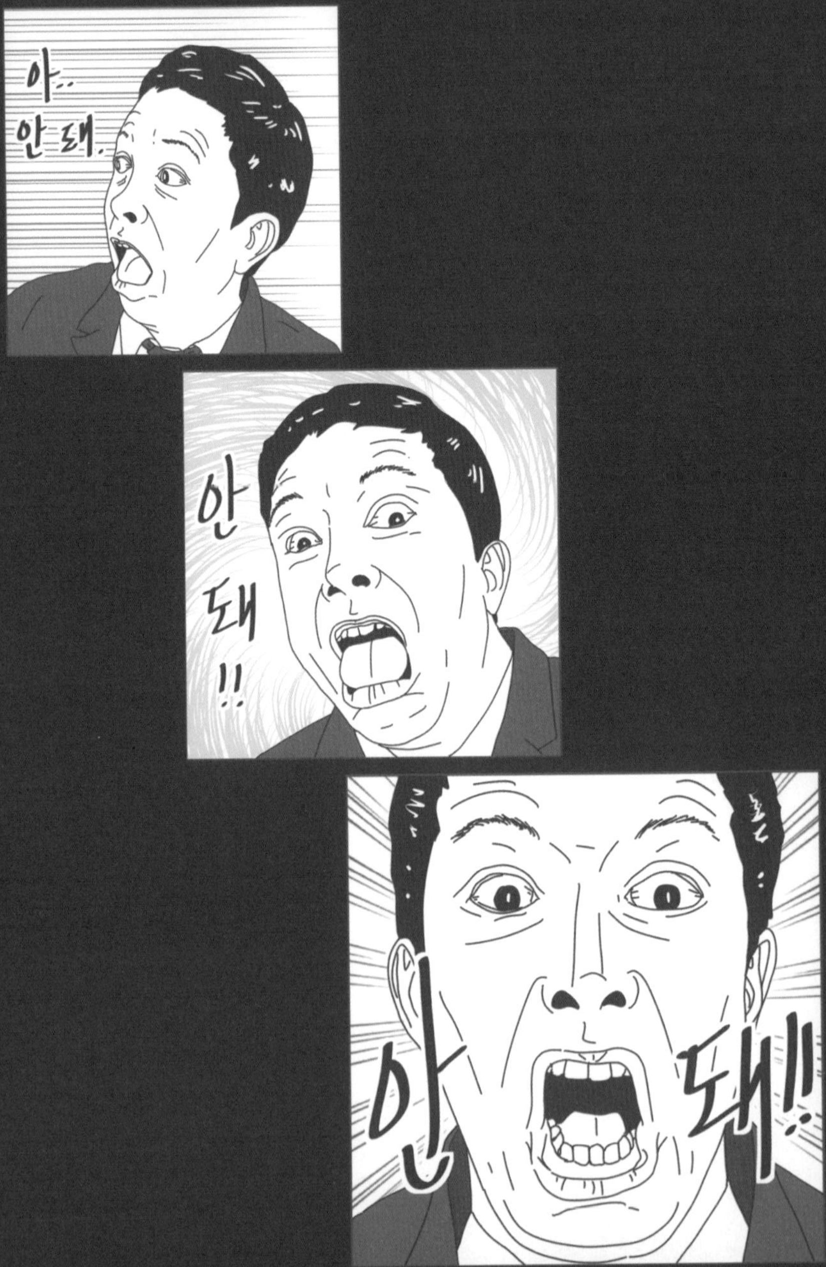

아..
안 돼..
안 돼!!
안 돼!!

그날이 왔다..
(또)

헉!! 근데
지금 몇시지?

아침
MORNING
朝

전쟁의 서막

쎄입-

출근

우리 존재
화이팅!

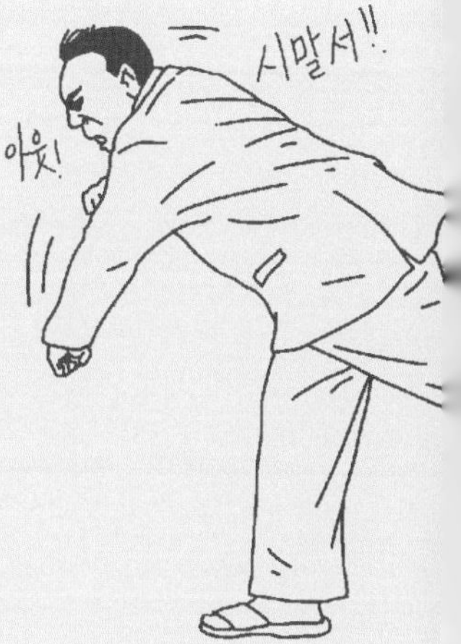

해가 떴다.

하루의 시작을 알리는
해가 떴다.
어둠을 뚫고 나와
해가 떴다.
내 단잠을 깨우는 해가 떴다.

노오랗게 해가 떴다.
누우렇게 얼굴이 떴다.

난 아직 눈을 못 떴다.

적으로 간주한다.

알람이 울렸고,
그렇게 전쟁이 시작되었다.

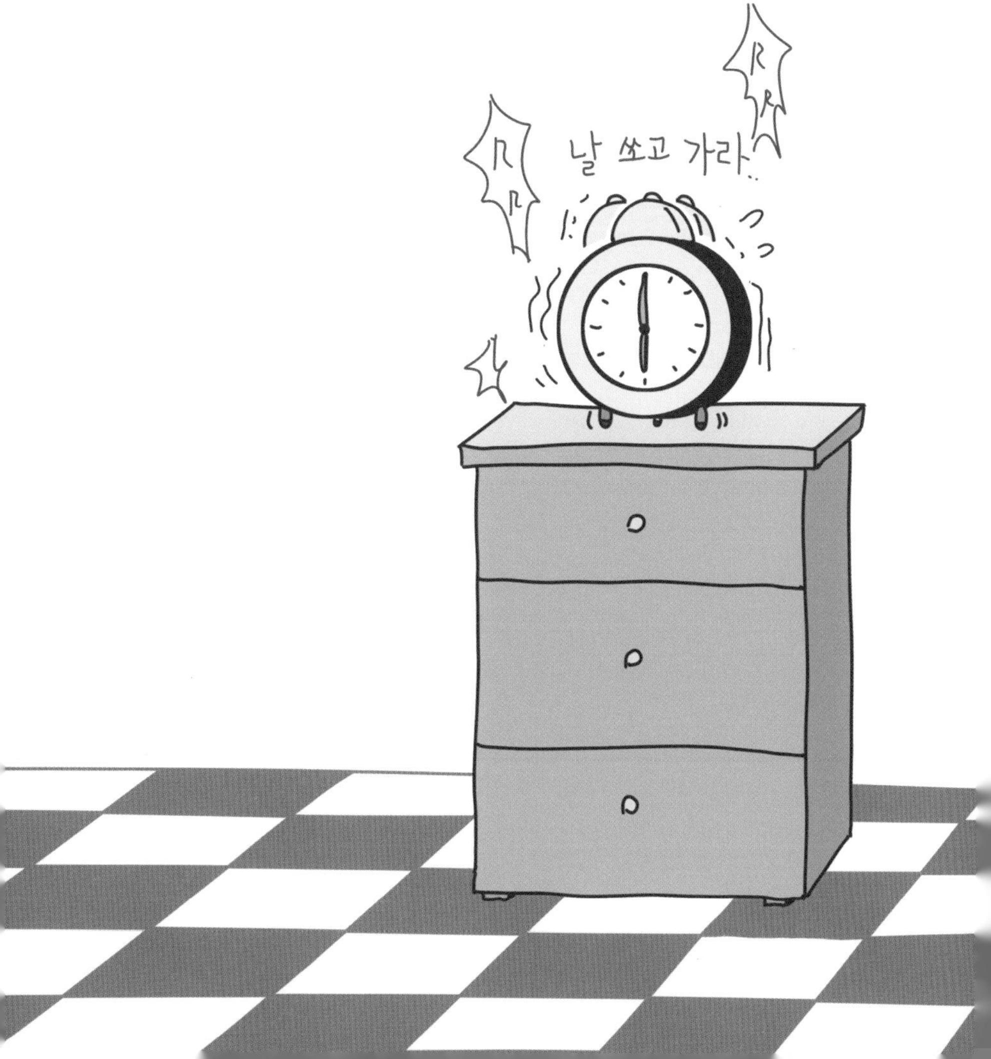
날 쏘고 가라..

하루만 내 방의 침대가 되고 싶어.

상쾌한 아침마다
늘 생각하곤 해.
'아... 반차 쓸까?'

그래요.
맞아요.
나도 알아요.
그분을 만나면 안 된다는 걸…
늘 후회하죠.
하지만 어쩔 수 없어요.
그분은
마치 마약과도 같아서
끊으려 해도
끊을 수가 없어요.

아침마다 나를 달콤한 꿀통으로 인도하는
그분…

5분.

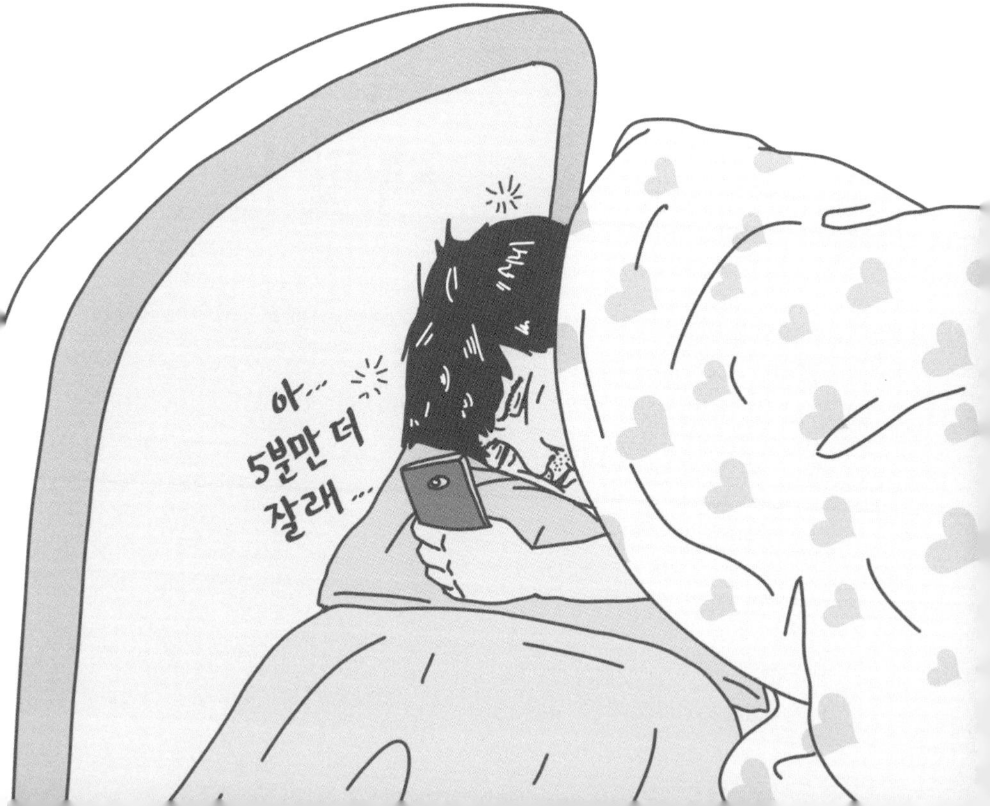
아…
5분만 더
잘래…

자고로
아침밥은
코로 먹어야
제맛!

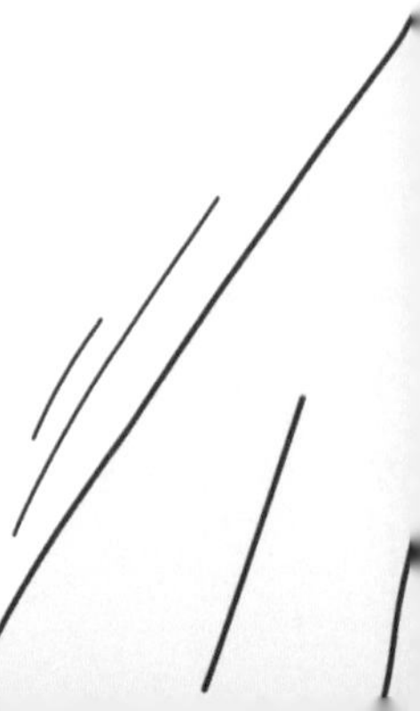

취중진지

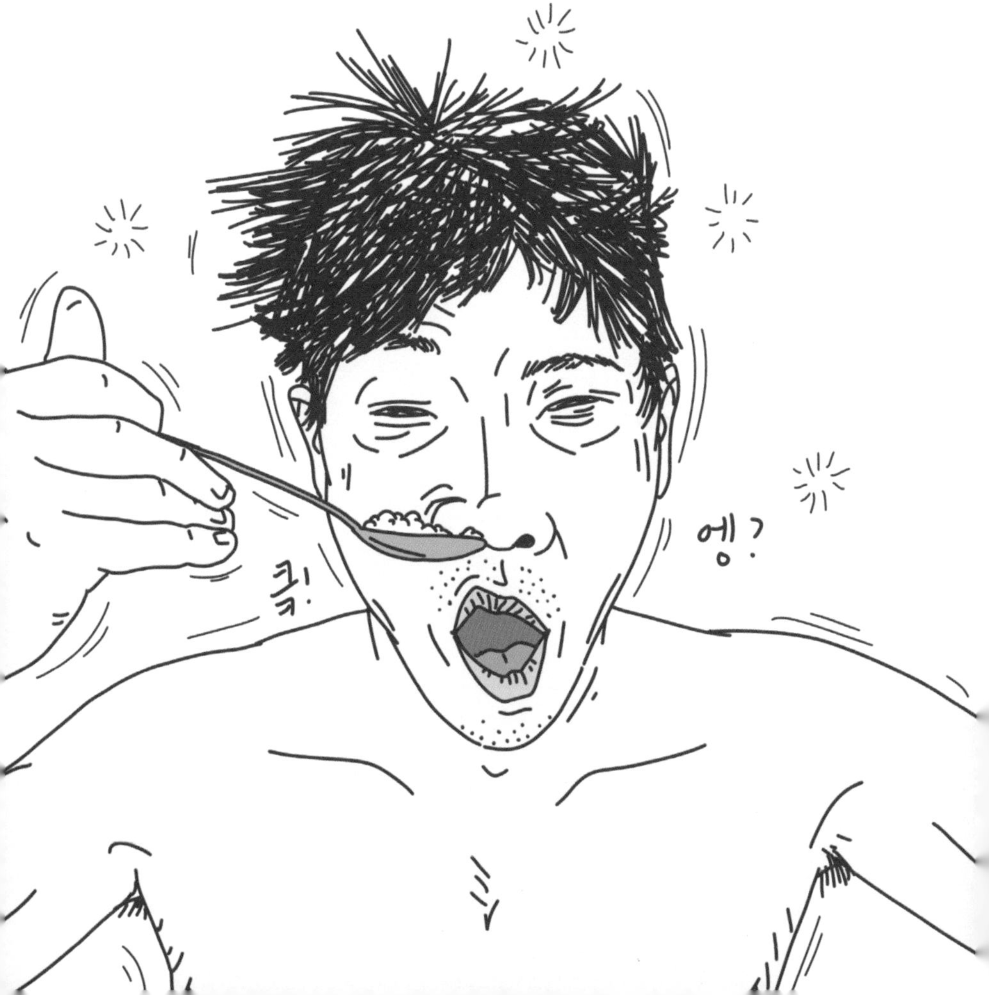

머리가 젖은 건
비가 와서가 아냐.
드라이기가 없어서도 아냐.

꾸물거려서야 썅!

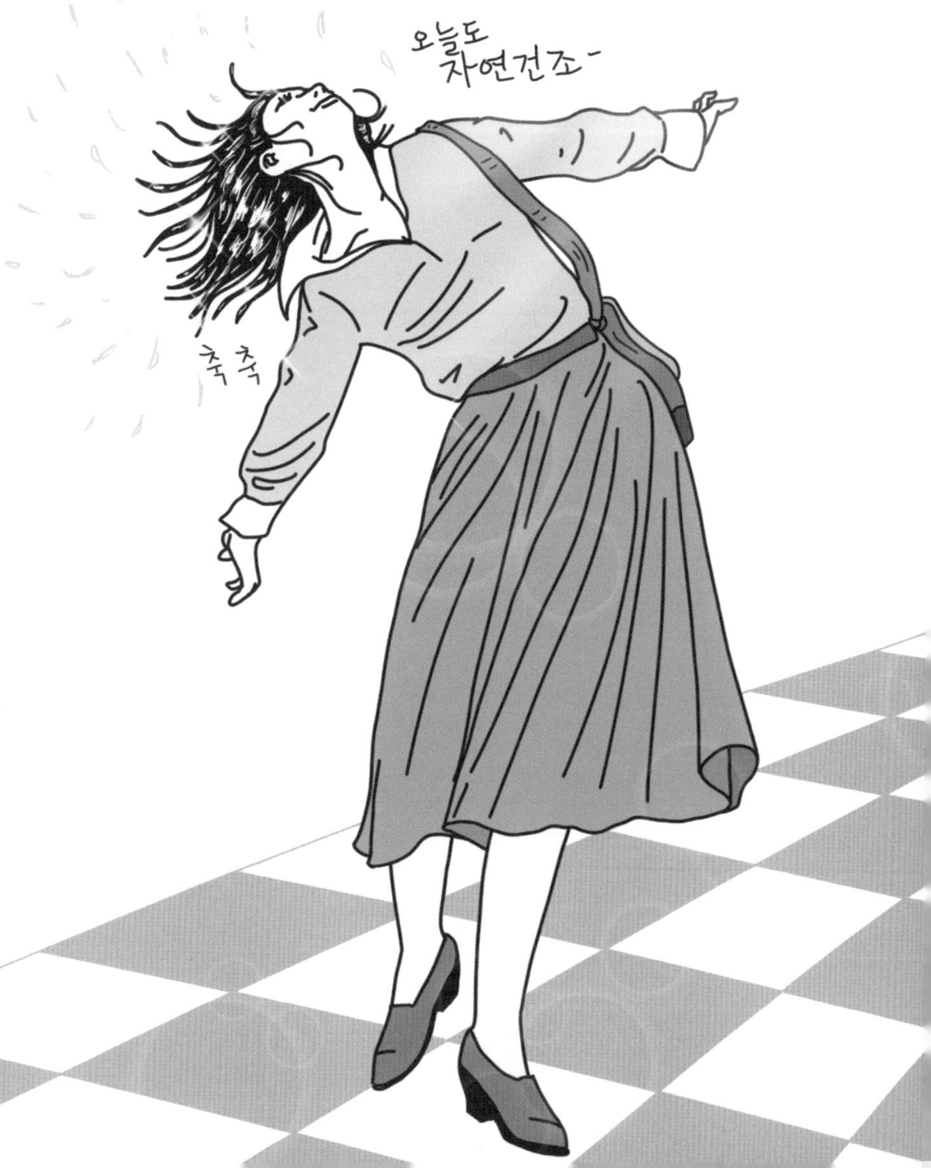
오늘도
자연건조~
축축

십알지각

난 그저
말없이
떠난 너의 뒷모습을
묵묵히
바라만 보았다.

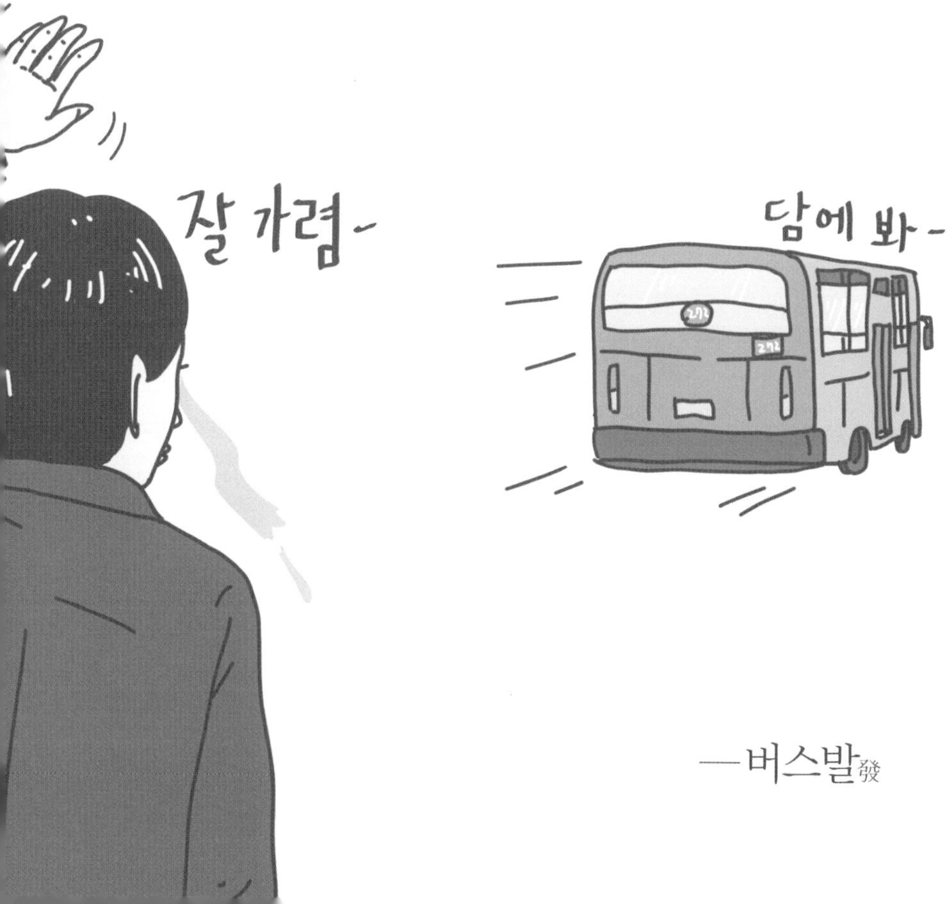
잘 가렴~
담에 봐~

—버스발發

5분만 일찍 일어날걸…

아침에 페북 안 볼걸…

가방 어제 챙겨놓을걸…

옷 고민 조금 덜 할걸…

밥 조금 빨리 먹을걸…

떠나간 연인보다 아쉬운 너…

우리 존재 화이팅!

저…
저기요…
여.. 여기
사람
있어요…

남들과 다른 삶을 살기 위해

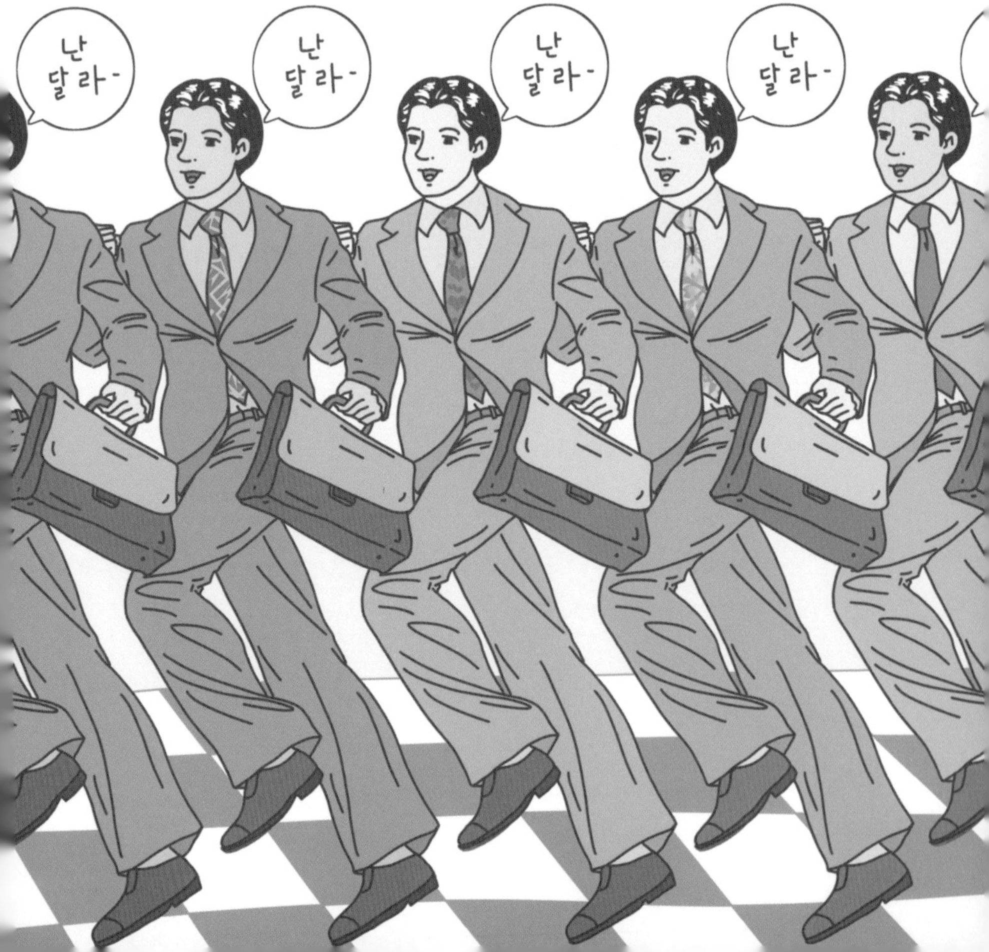

난 달라~
난 달라~
난 달라~
난 달라~

오늘도 난 남들과 같은 삶을 사네.

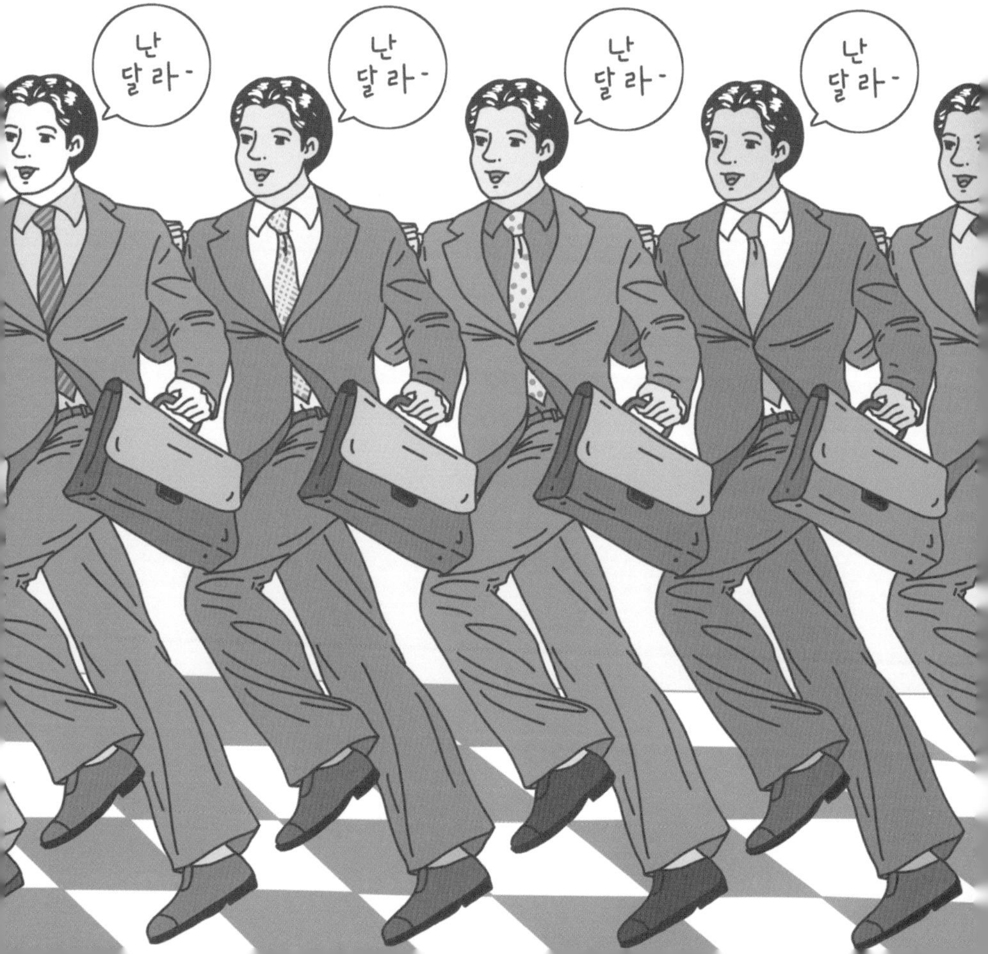
난 달라~
난 달라~
난 달라~
난 달라~

내 꿈은 야구왕!

출근길엔 언제나
신나는 야구놀이~
쎄입~
아웃!
시말서!!

젓 먹던 힘까지 다해 출근!

…하고 나니 일할 힘이 없어…

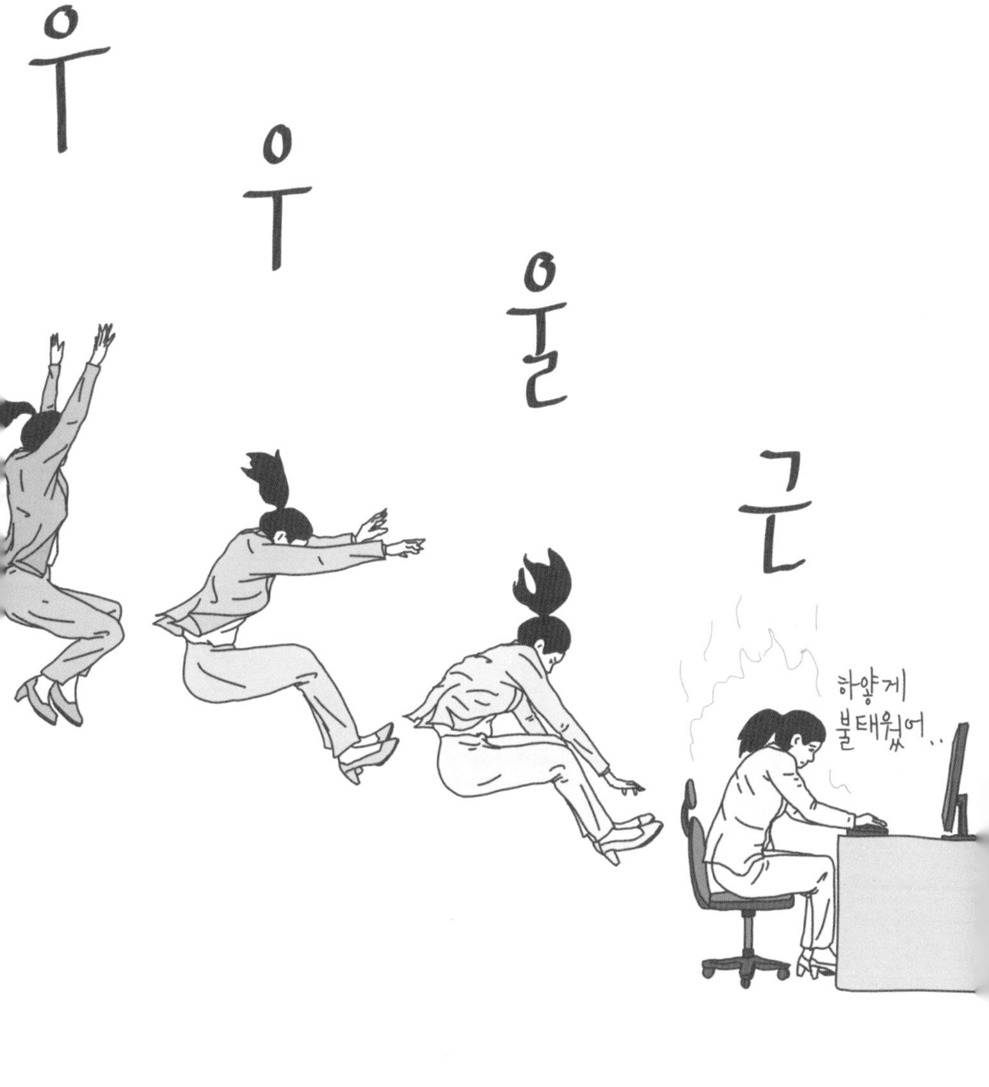

우
우
울
근
하얗게
불태웠어..

인체의 신비 ❶

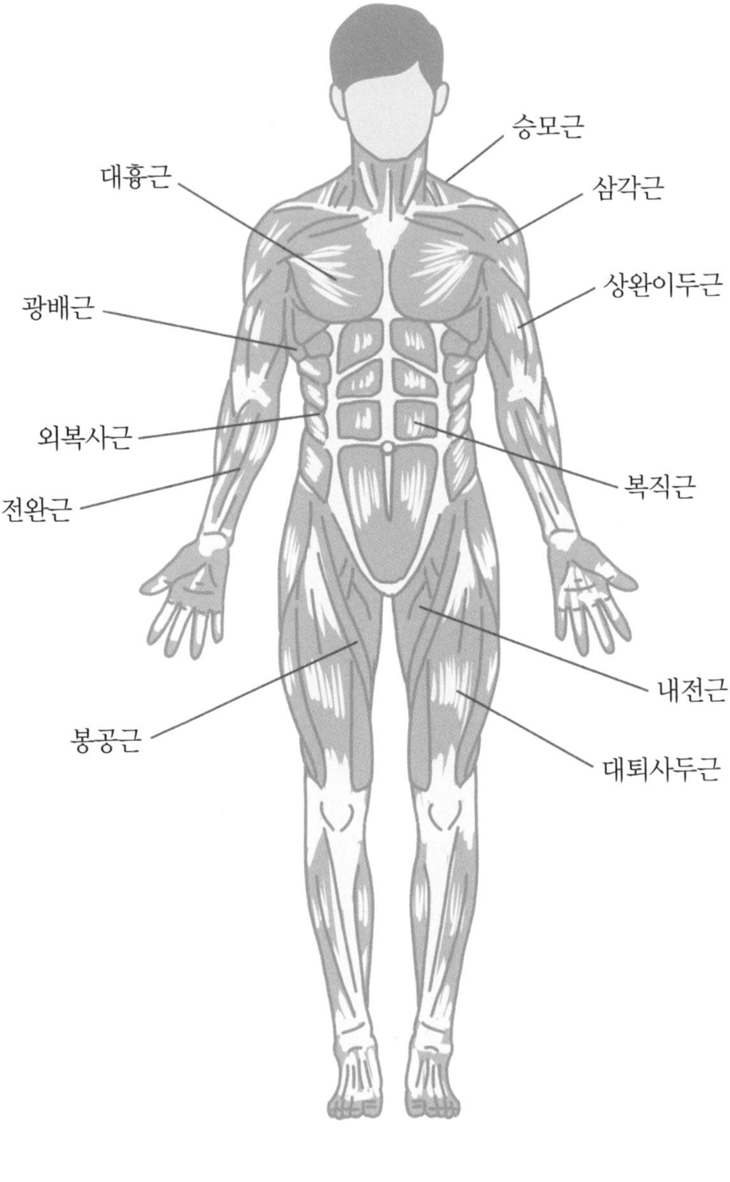
승모근
대흉근
삼각근
상완이두근
광배근
외복사근
복직근
전완근
내전근
봉공근
대퇴사두근

졸라출근

출근
수많은 역경을 헤치고
드디어 출근 골인!!!

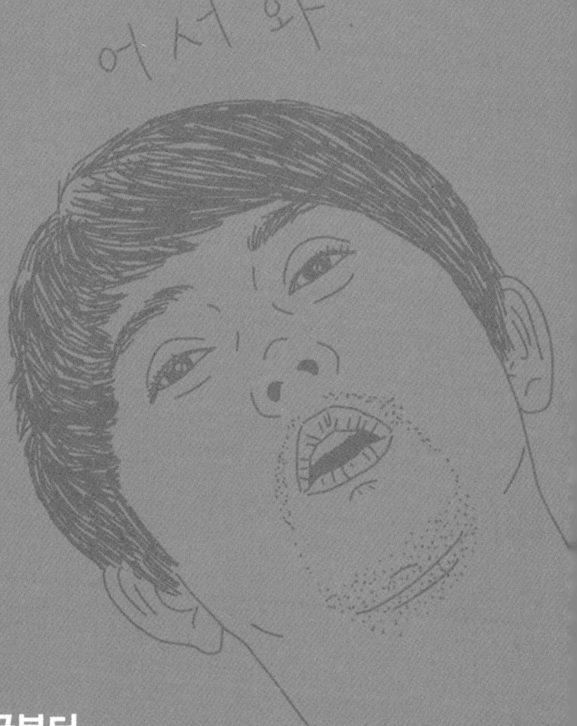

…했지만 본경기는 지금부터…

열정이 이글이글 타오르는
회사가 너를 기다리고 있다.
아이 좋아.
Welcome
출근 끝

회사 속으로

Hell. Low.

地獄

본격적 투입

9시간 남았네
하하 (썅!)

오전근무

시발업무
始發業務

힘을 내요.
어쩐지 기운 없어 보이는 당신,
힘을 내요!
어깨가 푹 꺼져 있는 당신,
힘을 내요!
안색이 까아맣고 안 좋은 당신,
힘을 내요!

힘을 내요! 힘내요!

아직 시작도 안 했는걸요.

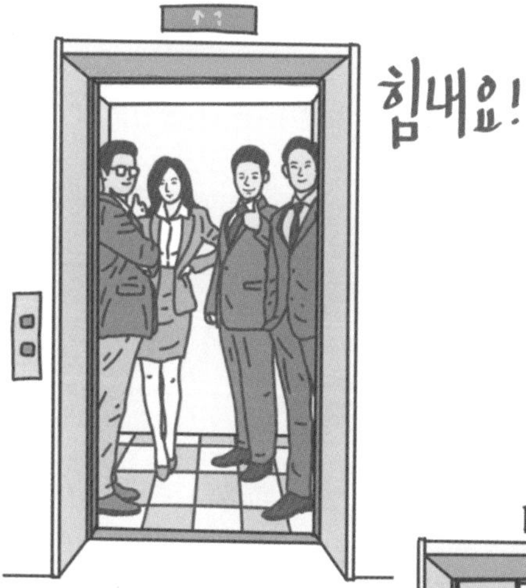
힘내요!

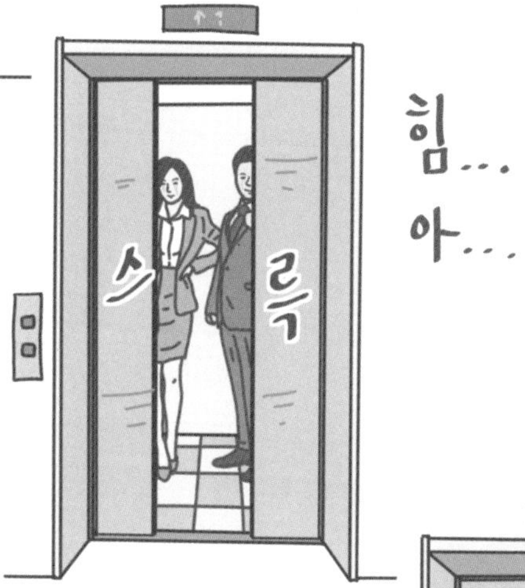
힘…
아…
스르륵

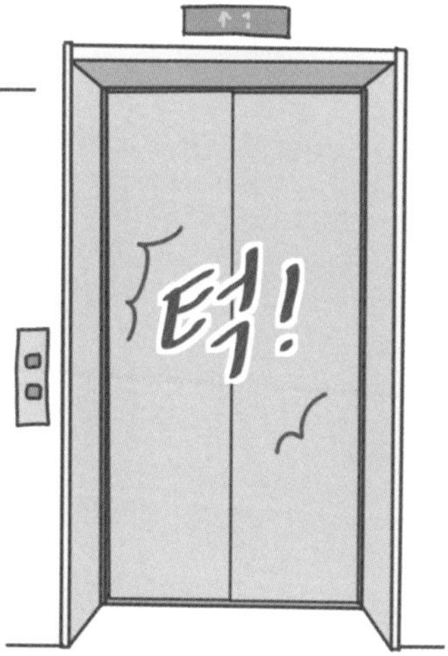
턱!

이제 시작…

"좋은 아침!"
"뻥 치지 마"
요년 봐라
아침부터
거짓말이니?

첫판부터 장난질이냐?

그 깊이를 알 수 없는
무한의 바다로

Die. Being.

업무의 바다로 다이빙
젠장..
오늘도 죽겠군...

활기차게 출근했으니
오늘도 열심히 최선을 다해
퇴근만 생각 해야지 ~!!
9시간 남았네
하하 (썡!)

내 머릿속에 온통 니 생각뿐.

창밖에 주룩주룩 비가 내리면
우산 속 활짝 웃던 니가 생각날 때쯤
활짝 열고 나온 내 방 창문이 생각나…
쌩긋
아… 수영장으로
되근 하겠네~
얏호 !!

내 눈에도
비가
주룩주룩.

창문을 열고
반갑게 날 맞이하는 너.
마음의 문을 닫고
두려움에 널 만나는 나.

눈치 없는 녀석…
환영합니다.
장난하냐?

내 비록 육신은 이곳에 있으나
영혼은 바람 되어 자유롭게 날아가리.

나 빌 레 라 …

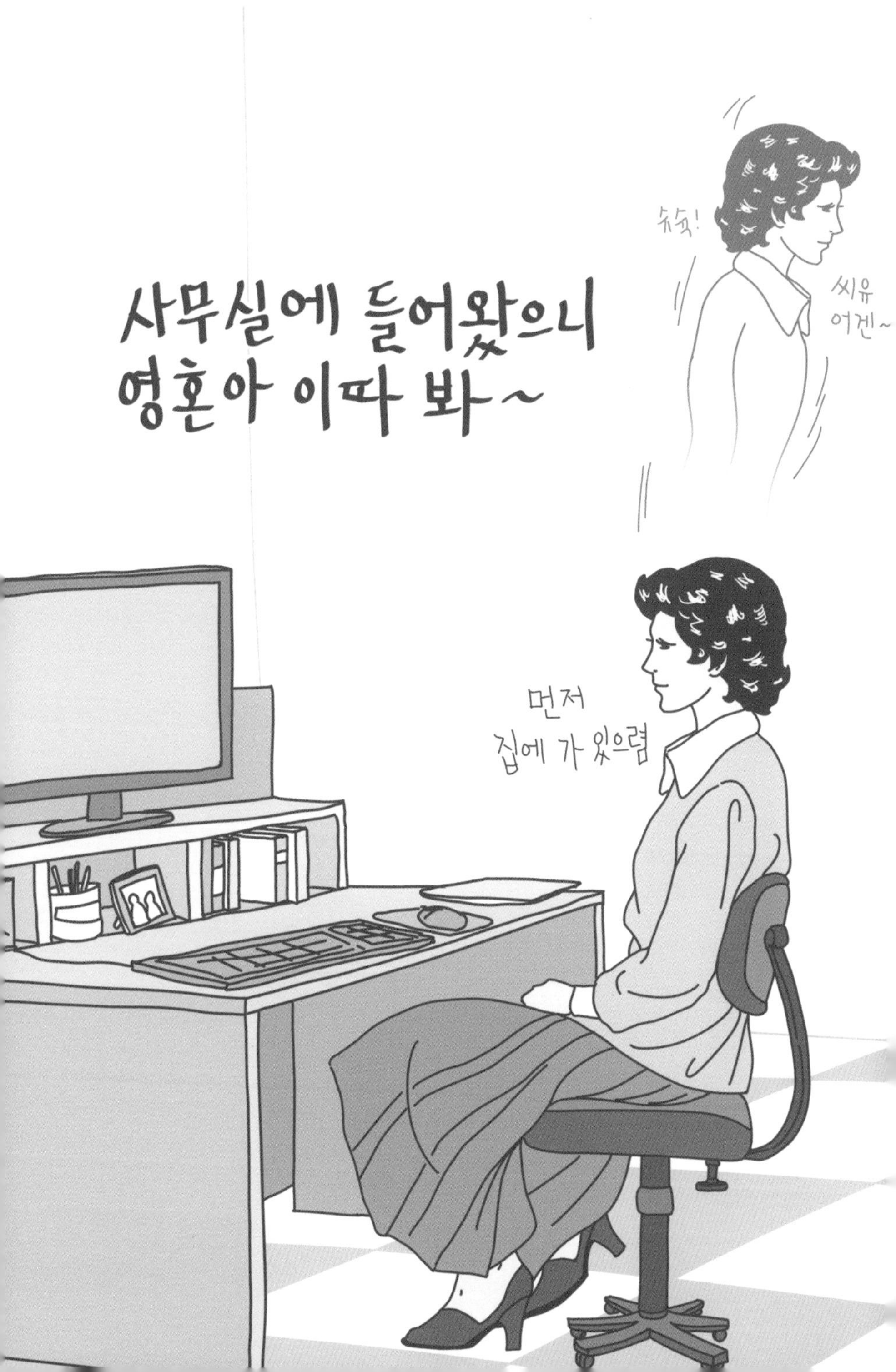
사무실에 들어왔으니
영혼아 이따 봐~
쉬숙!
씨유 어겐~
먼저
집에 가 있으렴

커피는 니가 좀 타드세요. (ㅆ)

이렇게 맨날
커피 내릴 줄 알았으면
바리스타가 될걸 그랬어.
난 커피도
안 마시는걸 ...

오늘 아침 유난히 새로운 당신.
아침을 드시고 오셨나봐요!
#더큰갈굼을위한움츠림인가

'이상해야 정상인데,
정상이라 이상하다...'

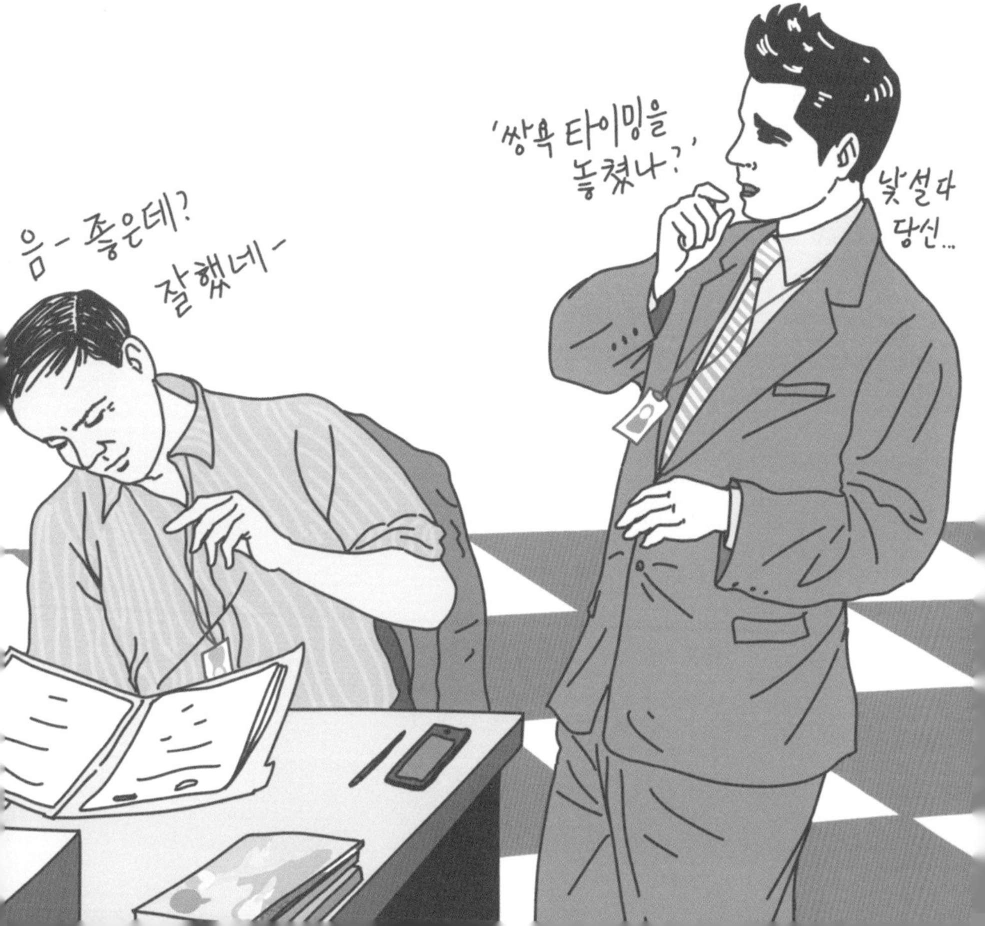
음- 좋은데?
잘했네-
'쌍욕 타이밍을 놓쳤나?'
낯설다 당신...

오늘도
시발업무
해보자구!!
좋아
시발!!

따라서 써보세요!

시	발	업	무
始	發	業	務

뜻: 업무를 시작하다.

회의가 시작됐으니
긍정적인 표정으로
환하게 웃으며
맑고 상쾌하게
졸아야지.

쌔근쌔근

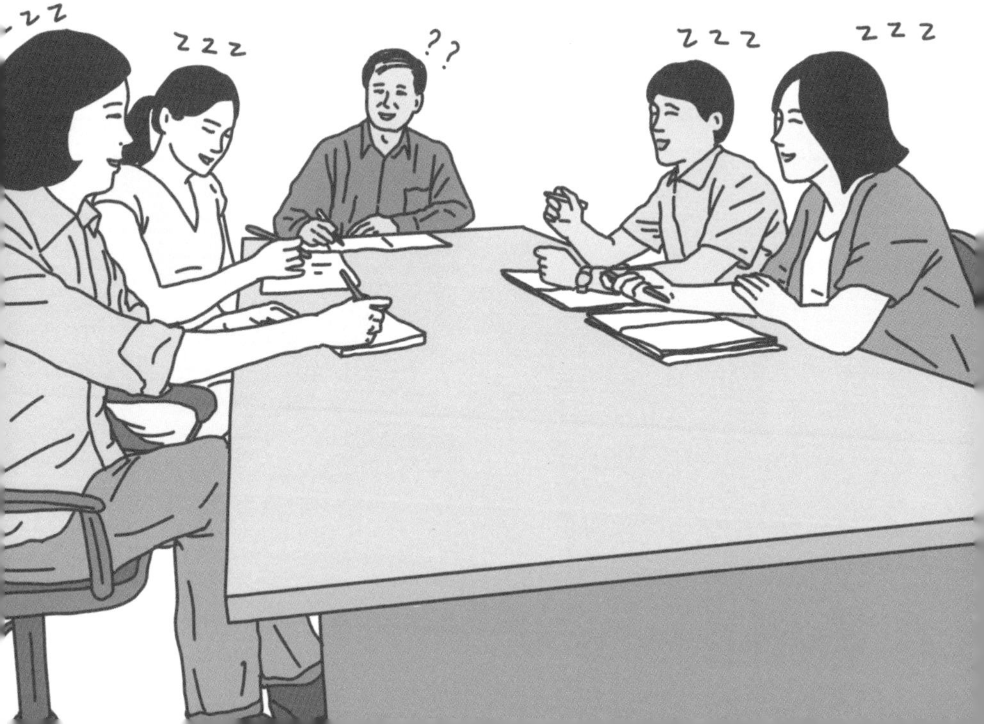
zzz
zzz
??
zzz
zzz

매일매일 변함없이
쉬지 않고 일하기 싫은 걸 보면
난 참 꾸준한 사람인것 같아~!
늘 한결같은 마음!

"무슨 일이든
그 분야에서
흔들림 없이
꾸준히 하면
전문가가
될 수 있다."

중요무형문화재 18-18호
'하기싫음장'

내가 책임 질 테니깐
책임지고 처리해!
자네만 믿네 허허!
아.. 예
(뭐지? 새로운 종류의 갈굼인가?)

책임지고 책임지지 않으려는
책임자의 책임 떠넘김.

호우주의보

비 소식은 없었지만
우산을 챙겨오길
참 잘했지 모야.
도대체 자넨 잘하는게 뭐야?
준비성이 철저하죠.

보고서가 개판이네?
하하
개처럼
일만 시키니깐요
확 물어버릴

애견인

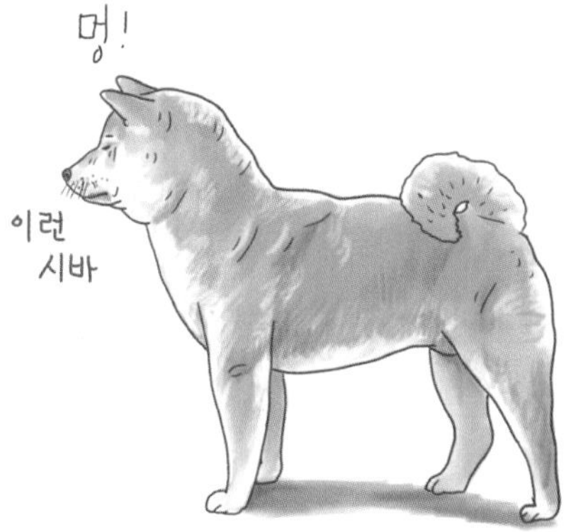
멍!
이런
시바

자넨 그게 문제야, 알겠나?
호호~감사해요
니나자래
할게요!

따라서 써보세요!

니	나	자	래
怩	懦	自	勑

뜻: 나약함을 부끄러워하며
스스로를 위로하다.

미영씨, 바빠?
하하. 빙고!
바빠 죽겠는데
분명 일 더 시키실 테니
더 바쁠 예정이에요.
쌍!

웃는 얼굴에
침을 뱉을 수도 있겠다는 생각이
강하게 들었지 뭐야. ^^

폭풍 같았던 오전시간에 지쳐갈 때쯤,

한줄기 구원의 빛이 보이기 시작했다.

사람에겐 본능이 있다.
그리고 그 본능은
훈련에 따라 발달한다.

우린 훈련이 잘 되어 있고
우리의 본능은 무의식적으로
때가 되었음을 말해준다.

밥
꼬르륵-

점심
FREEDOM
脫出

햇빛 속으로

점심시간

밖에 나오니까
참 좋다.

이심점심 以心點心

마음이 점심으로 통한다.

시간
이다
튀자

요~이~
5
두근
4
두근
3
두근
2
1
두근

12:00

밥!!

먹는다.
고로 진화한다.

점심 진화론

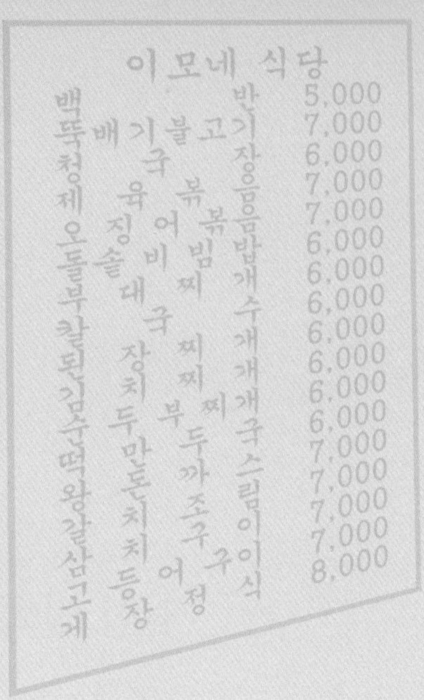

이모네 식당
백반 5,000
뚝배기불고기 7,000
청국장 6,000
제육볶음 7,000
오징어볶음 7,000
돌솥비빔밥 6,000
부대찌개 6,000
칼국수 6,000
된장찌개 6,000
김치찌개 6,000
순두부찌개 6,000
떡만두국 6,000
왕돈까스 7,000
갈치조림 7,000
삼치구이 7,000
고등어구이 7,000
게장정식 8,000

백전백반

백반
백반
백반
이모
백반
넷이요.
선택장애엔
역시 백반!

위장은 건강해요.
꼭꼭 씹어먹는 스타일이죠.
소화불량?
그런 것 모르고 자랐어요.

입사하기 전까진…

"이모! 여기 야근 1시간 추가요!"

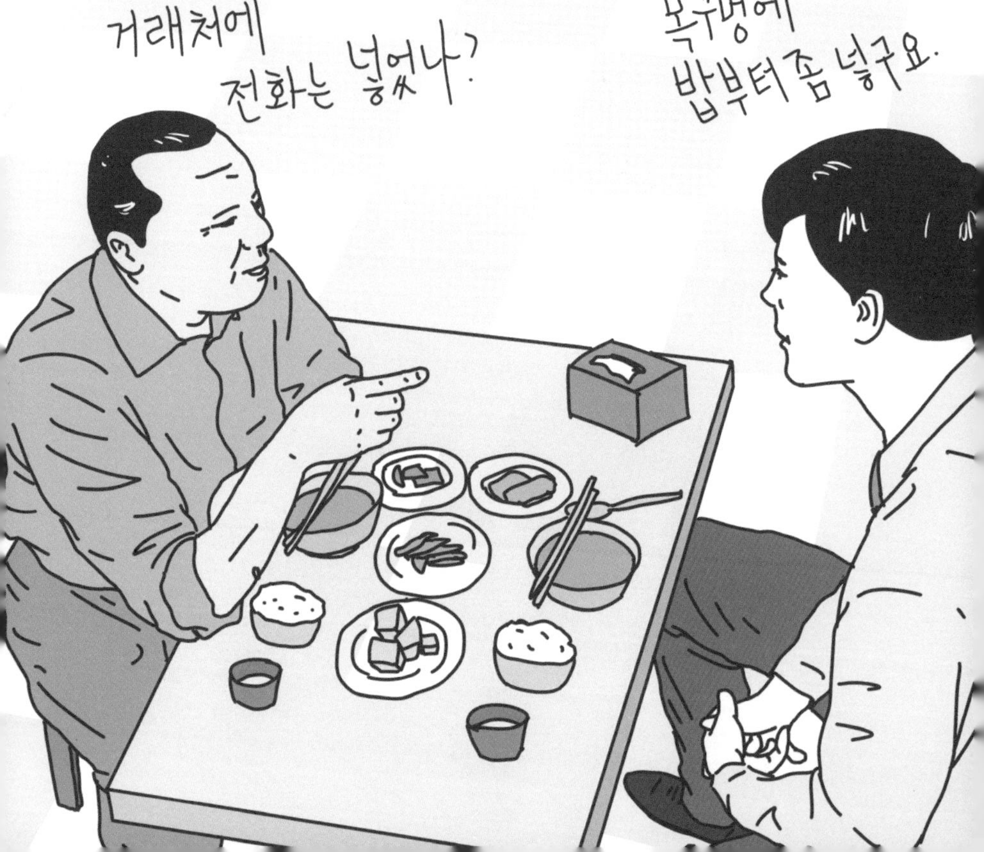
거래처에 전화는 넣었나?
목구멍에 밥부터 좀 넣구요.

귀한 내 점심시간은
귀한 네 아들이야기..

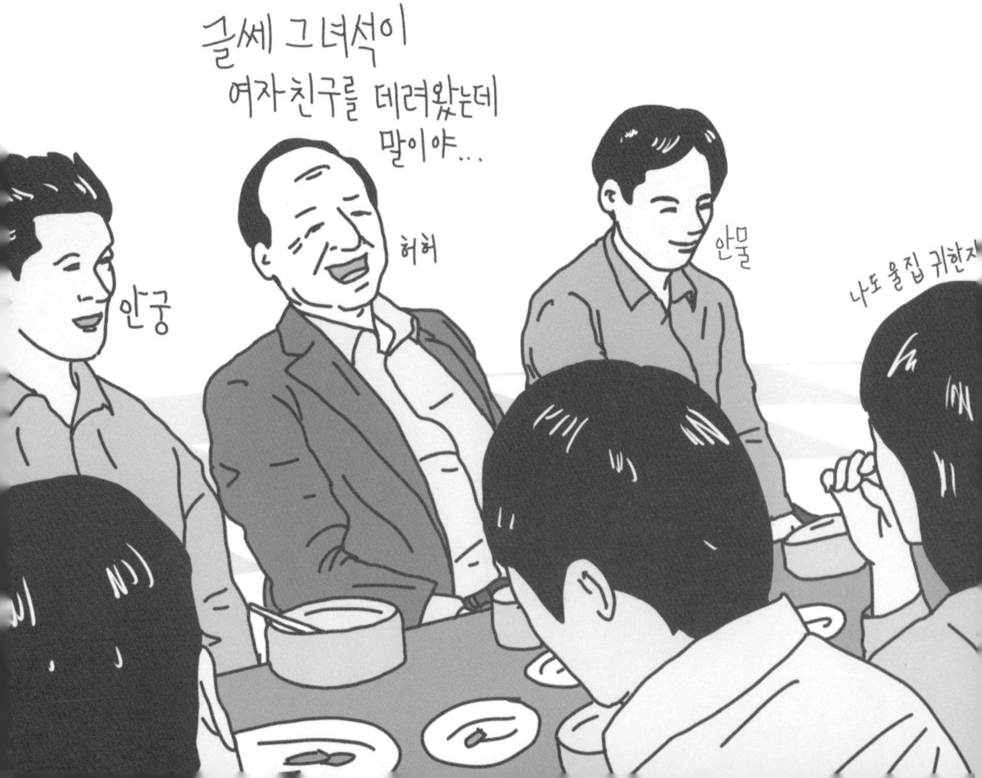
글쎄 그녀석이
여자친구를 데려왔는데
말이야...
허허
안궁
안물
나도 울집 귀한지

귀한민국

점심식사 후 즐기는 커피 한잔의 여유는
개뿔, 그냥 멍때리는 중
지겨워
아.. 사무실 들어가기 싫다.

커피는 거들 뿐.

향기로운 점심시간

아ㅡ 좋다!

향기만 남기고 간 점심시간

아... 짧다...

다시 그곳으로

原位置

RETURN

본게임은 지금부터.

오후근무

근근이
버틴다.

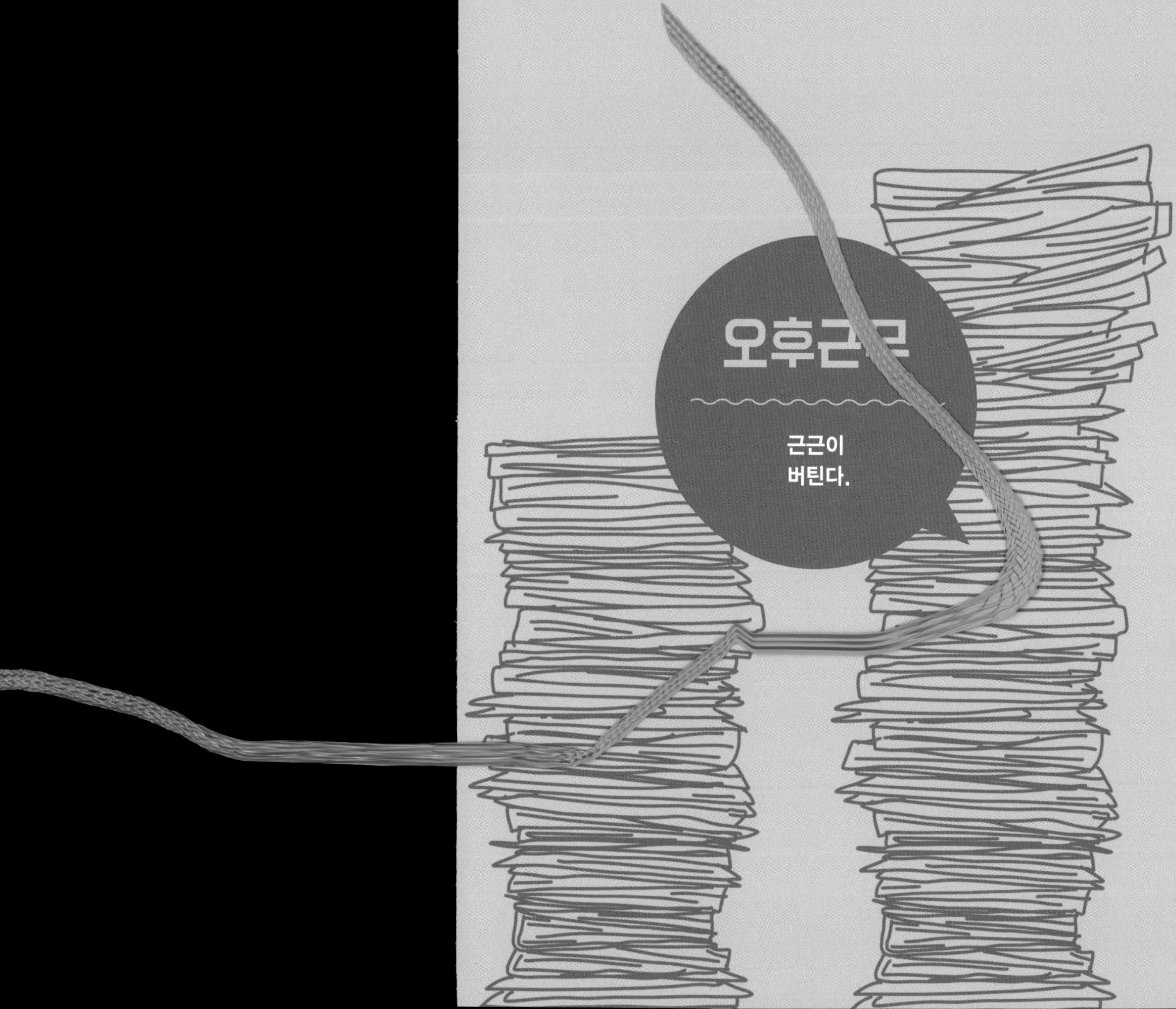

당신은
그렇게
살며시
내게 다가와
따뜻한 말로
속삭였다.

말이 잘 안 나오고,
매사에 의욕도 없고,
혼자 있고 싶어요..
실어증입니다.
네? 언어장애?
아뇨, 일하기싫어증

사람은 늘
배운다는
마음가짐으로
살아야 한다
배웠어요.

(하고 싶은 말이 많지만
괜히 의견 냈다가
잘못되면 분명 내 책임으로
돌릴 테니 밝고 긍정적인
표정으로) 매우 좋습니다!
어떤가?
자네 생각은?
역시
자넨 뭘 좀 아는군
허허-
하하-
늘 많이 배웁니다

정신없이 바빴는데
아직 두시.
시간새끼
장난 하냐?
잇힝~!

시간을 거스르는 자

낮말은 새가 듣고
반말은 누구시죠?

이야~ 몰라보게 변했네?
상현이 아냐?
하하~ 모르는 사이 인걸요.
네, 아니에요. 초면에 반말이시네요.

매일매일
전내실타!
온 힘을 다해
전내실타!
실타!
전내!

따라서 써보세요!

전	내	실	타
全	耐	室	妥

뜻: 무사히 견디니 사무실이 평온하다.

회사에
바라는 점 있나?
하하
네, 이런 거 좀
안 물어보는 거요.
어깨 손
내리시구요

걍 좀 냅둬.

가   족같단 말이에요.

가 족같은 회사.
외동인걸요
(썅)
형이라 생각하렴.

면 접.(경력자 우대)
저희는 안 해본것이 없어월-
금방 또 다음일정 가야 됨ㅁ

사실은 누구보다 열심히 살고 있는 개와 소

쉬는 '시간'

#시간차공격

야! 빨리 안 움직여?
점심시간엔
엄청 빨리
뛰더니-
아… 쫌 만
쉬었다가…
그때
힘 다 뺐어

내가
딸 같아서 그래.
아들만
둘이시잖아요.
고민 있음
얘기하고
바로
너님이요

아들: "아빠, 모해?"

어지럽고 일도 안 잡히고
현실도피 하고 싶고
불안하고 그래요.
상사병입니다.
에?
사랑에
빠진건가요?
아뇨
직장상사가
주는 병

사랑보다 깊은 상사

자넨 늘 싱글벙글이야
늘 웃겨주시잖아요
내가 한 개그 하지 허허
웃기
있네
호호

웃김만 스쳐도 이놈

버릴 수 없는 짐짝

내 인생의
가장 큰 짐
바로 나.
다
귀차너
지긋지긋한
나 새끼… 썅.

어릴 땐 동자,
지금은 노동자.

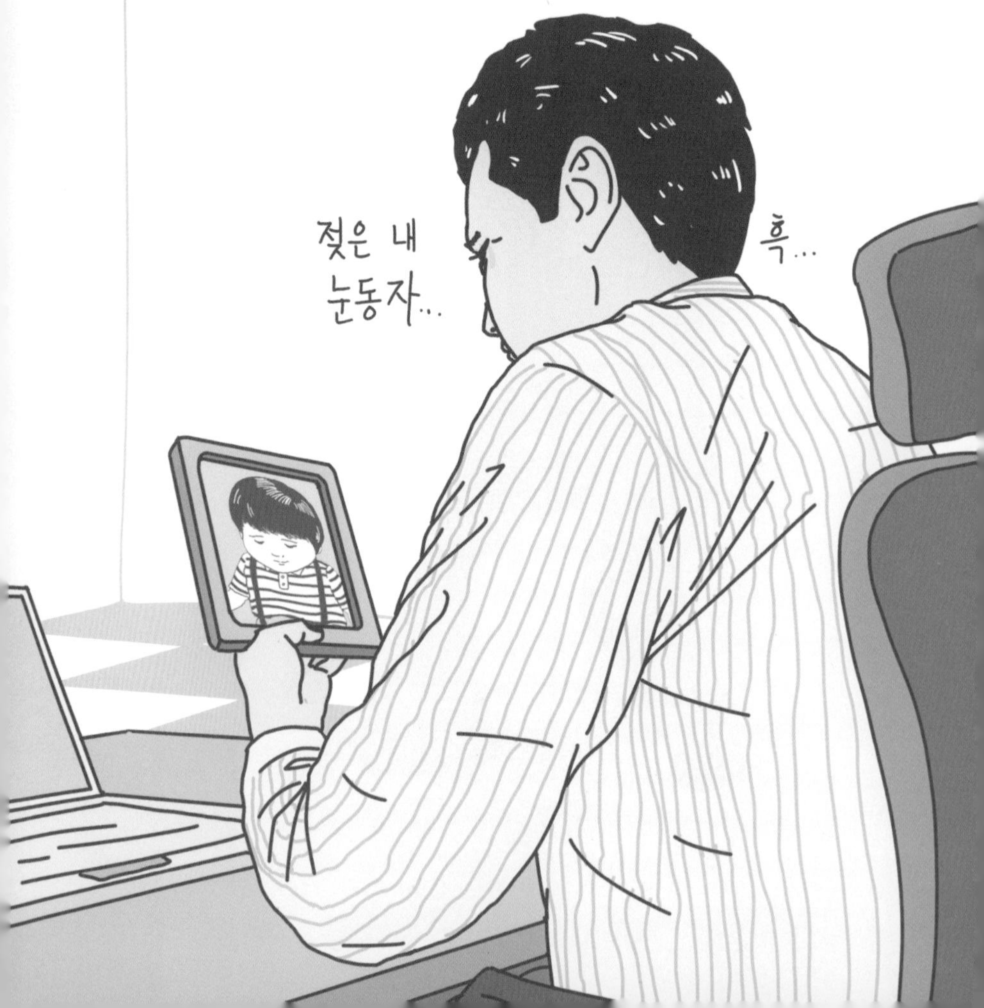
젖은 내
눈동자…
흑…

동자 그만

어딜 가나
또라이 하나씩 있다는데
우리 부서는 그런 게 없네!
허허
호호
(너)
하하
(너야)
헤헤
(너님

"너 자신을 알라."

_소크라테스

그림으로 배우는 양치기의 사자성어 ❺

자! 이번 회의도
소통이 잘 된것 같구만!
모두
내 의견에
동의 하지?
개소리입
입니다!
회의는 결국
본인의견
확인의 자리
오늘도
개소리입 했네요
그냥
통보를 하세요

따라서 써보세요!

개	소	리	임
愷	疏	利	林

뜻: 편안하게 소통하니 집단이 이롭다.

꿈이 없었던 내가
직장생활을 하면서
꿈이란 걸 꾸게 되었어.

퇴사라는 꿈을...

Dreams Come True.

너에게선 익숙한 향기가 나.
바로 내 땀냄새.

어차피 스쳐지나가는 월급,
냄새나 한번 맡아보자꾸나…

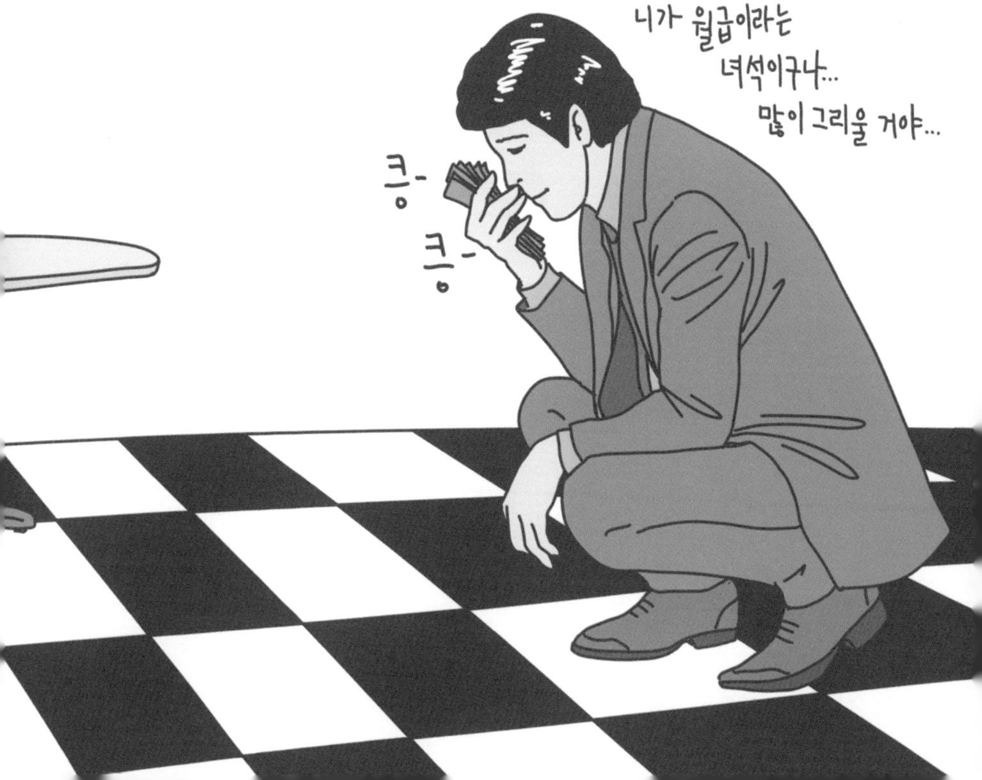
니가 월급이라는
녀석이구나…
많이 그리울 거야…
킁-
킁-

빚이 많아 Busy.
자동차
할부-!
학자금
대출-!
카드값-!
쌩

빚과 속음

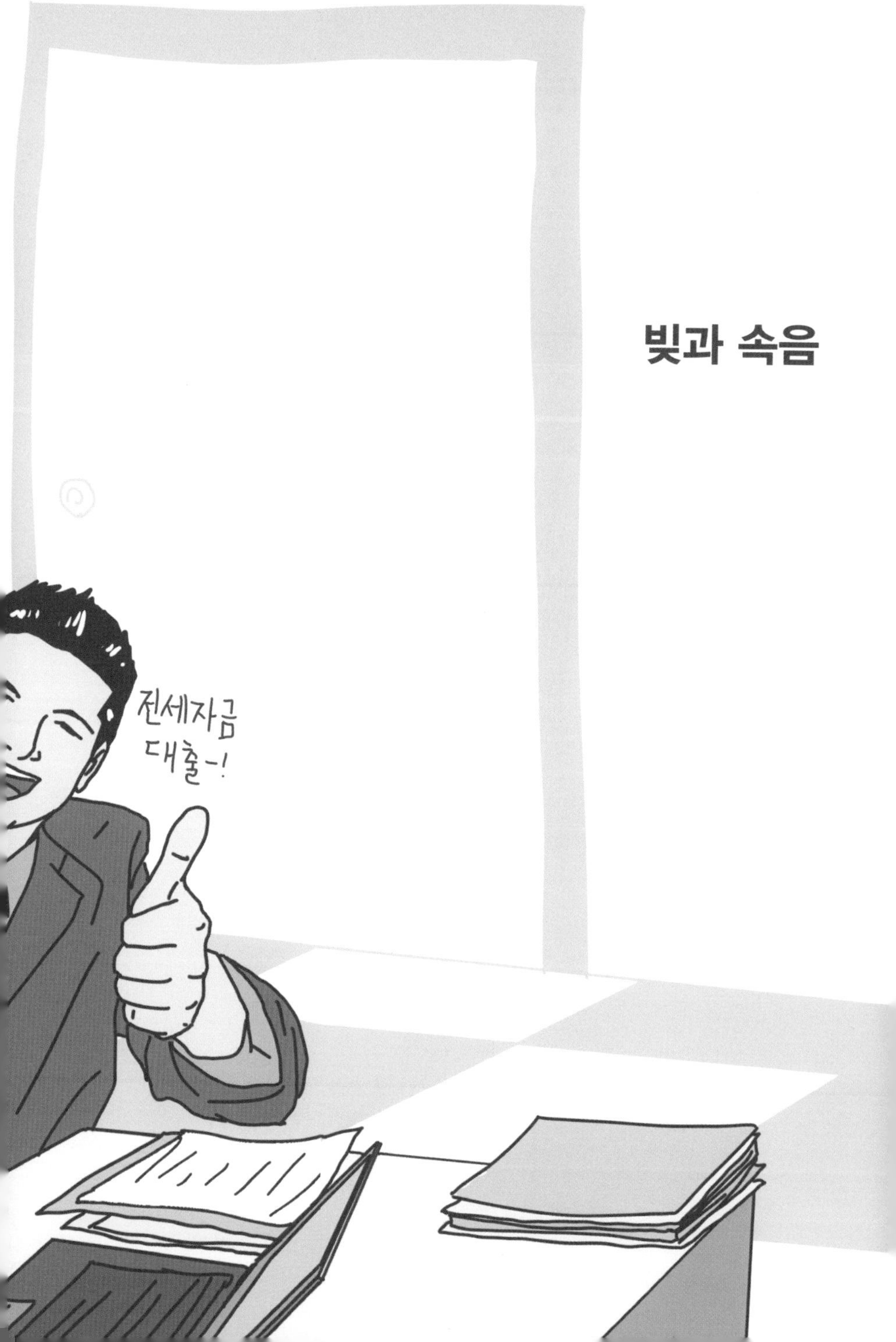
전세자금
대출-!

낑낑~
쪼..쪼금만
버티면
퇴근이다..

오늘도 열심히 버티기중.

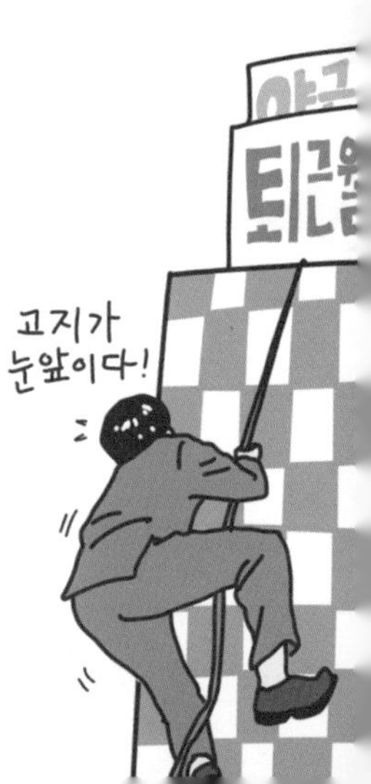
고지가
눈앞이다!

곧, 드디어, 마침내,
바야흐로,
시나브로,
뽜이널리,
지요와!
끼얏호!
타히얏!

퇴근시간이
다가왔다!!
굿굿굿!
쿠오오오!

여기서 잠깐!!
척!

퇴근일 경우 210쪽으로 가시오. ☞

야근일 경우 170쪽으로 가시오. ☞

주말일 경우 230쪽으로 가시오. ☞

업무의 산을 넘고 넘어

드디어 고지에 다다랐다!!

…는 착각이었습니다.
털썩!

태산이
높다 하되
업무 아래
뫼이로다.

결재
부탁드립니..
경기는 다시 원점으로…
(야간 연장전 돌입)

반짝!
다시!
깡!!

부장행위

먼저 퇴근들 해!
대신 날 쓰러뜨리고 가야 할 테다
후훗!
수문부장

야근

延長戰

Never Ending Story

게임은 다시 미궁 속으로…

정신이 오락가락해.

야근
긴 하루가 가네.
난 또 집 못 가네.

이렇게 하루 더 늙어가네…

긴 하루가 가네.
난 또 집 못 가네...
오늘 약속
또 못 가네

당첨금 없는 당첨

야근이
로또라면
난 이미
억만장자-
얏호-
또 당첨이다!
쌩뚱

힘들 땐 내게 기대렴.
네가 그만두면 내가 힘들단다.
얼마 만의
인원 보충인데...
(아.. 씨바)

기대하지 않았던 기대기.

피할 수 없다면 즐기..!!
못 피했으니
즐기세요!
어익쿠!
쩌약!
데헷!

피해보려다 피해 봄.

누가 **lock** 좀 풀어줘……

#밀어서잠금해제

안락한 삶을 위해
안 樂하게 사는 중.
정신이 오락가락해.

오~저기 아름답게
날아가는 건 뭐죠?
회사에 바친
자네 청춘이라네.
그럼
저 옆에 건…
그건
내 청춘.. 뿅…

저 하늘을
빼곡히 수놓은
우리네 청춘들.

때릴 생각 없었다.
때리고 싶지 않았다.
하지만 또 때리고 말았다.

멍
아아...

너무 힘든데
힘들다 말하기
힘든 세상이라
더 힘들어...
들어주는 이 없어
지치고 힘들어...

업무는 산이요,
야근은 무리로다.

업무 수행중
전생에 업이 많아 업무가 UP 됐구나..
이마도 UP 되고...
썅...
과로사 오피스님

열정페이는 너나 하시고
난 페이 열정~!

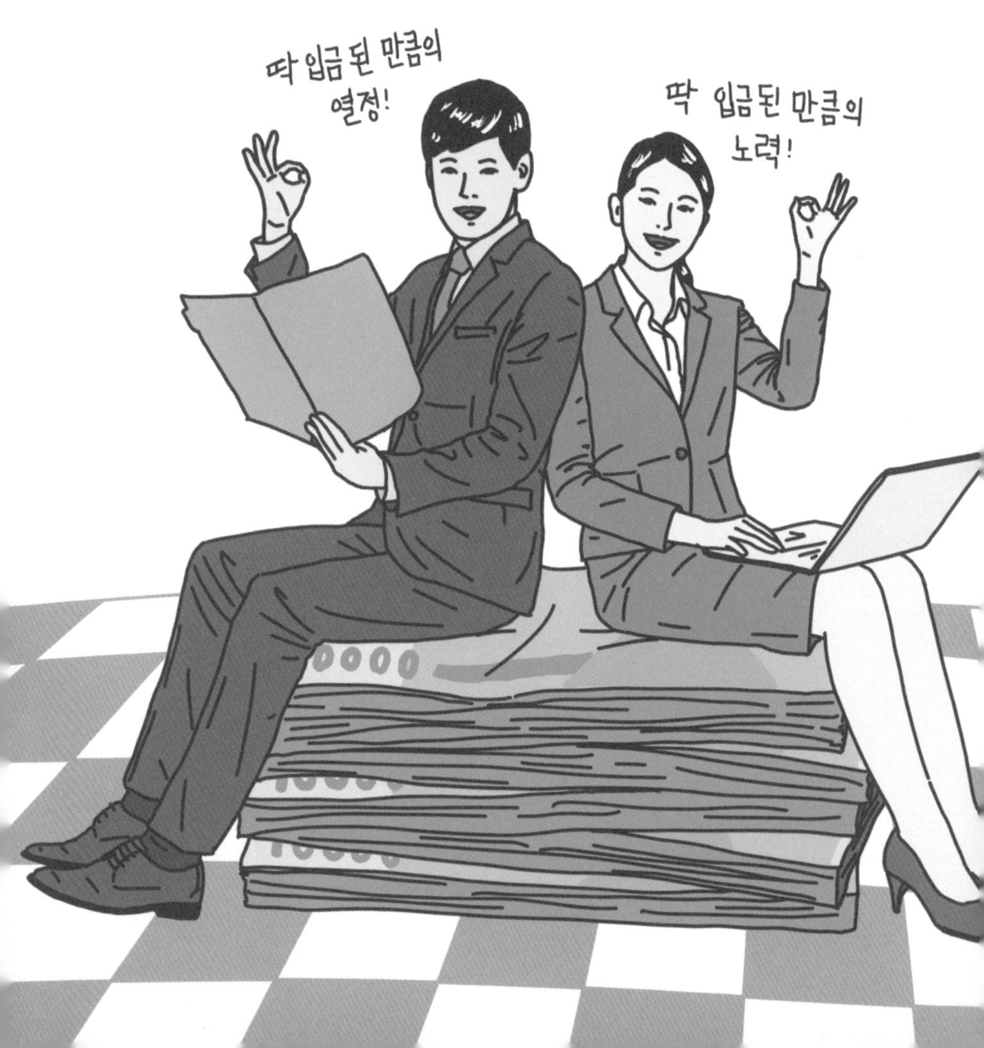
딱 입금 된 만큼의
열정!
딱 입금된 만큼의
노력!

열정 정가제

인체의 신비 ❷

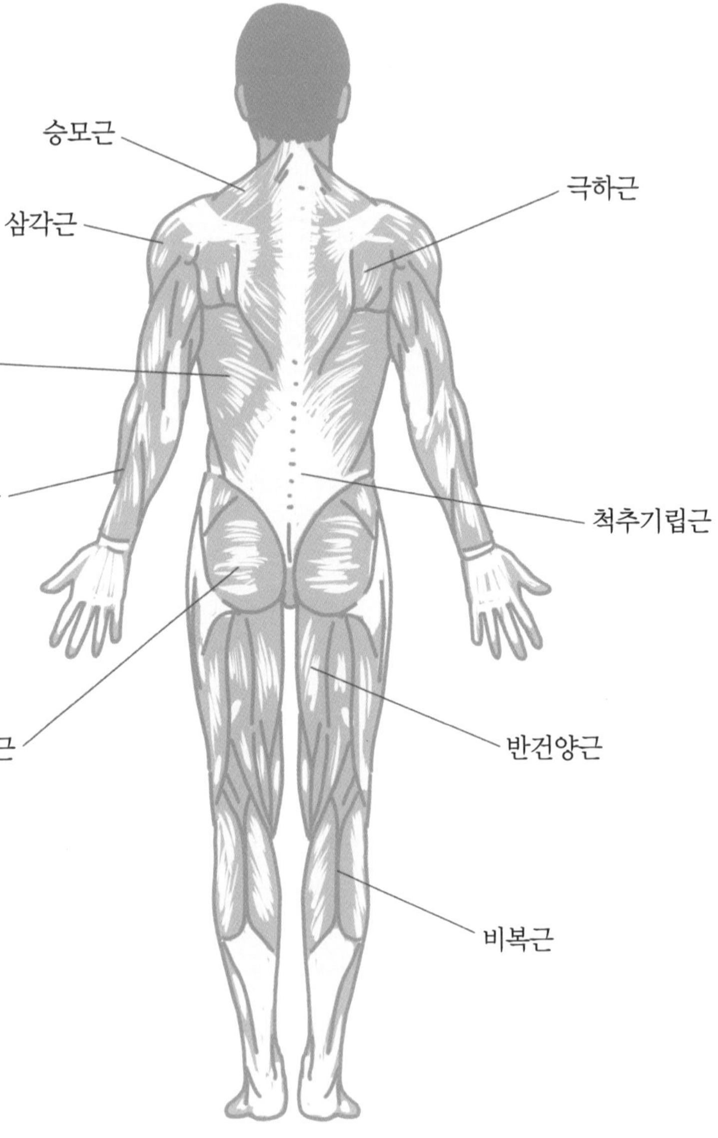

승모근
극하근
삼각근
광배근
전완근
척추기립근
대둔근
반건양근
비복근

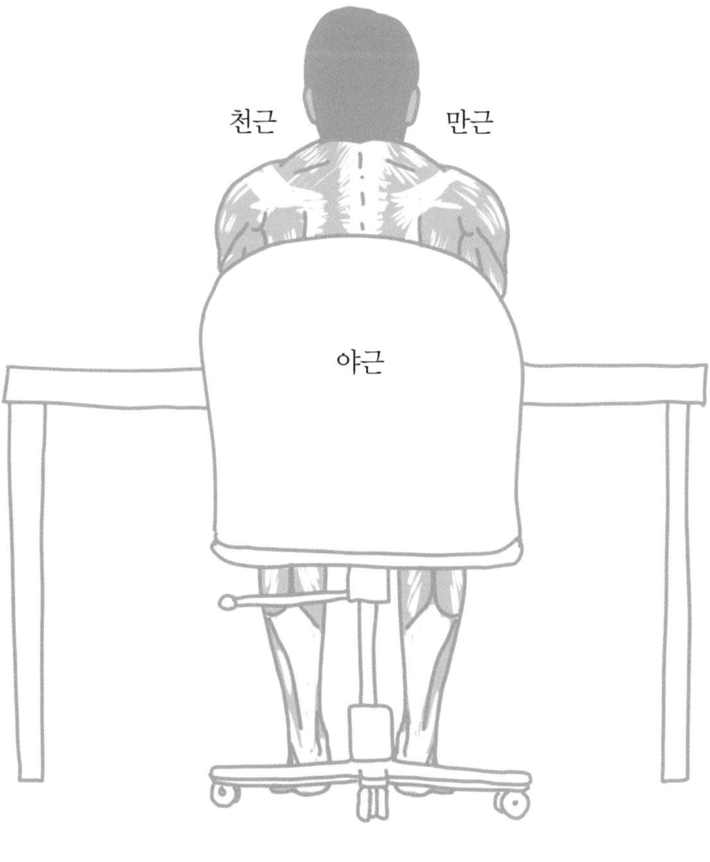
천근
만근
야근

정상을 향한 삶보단
정상적인 삶을 원해.
비정상적인
저 정상..

파도가 몰려온다.

예상 밖의
시나리오

번외편 회식

파도가 몰려온다.

취중진땀

매사에 적극적인 사람이 되라 하셔서
야자타임에 적극 참여중~♡

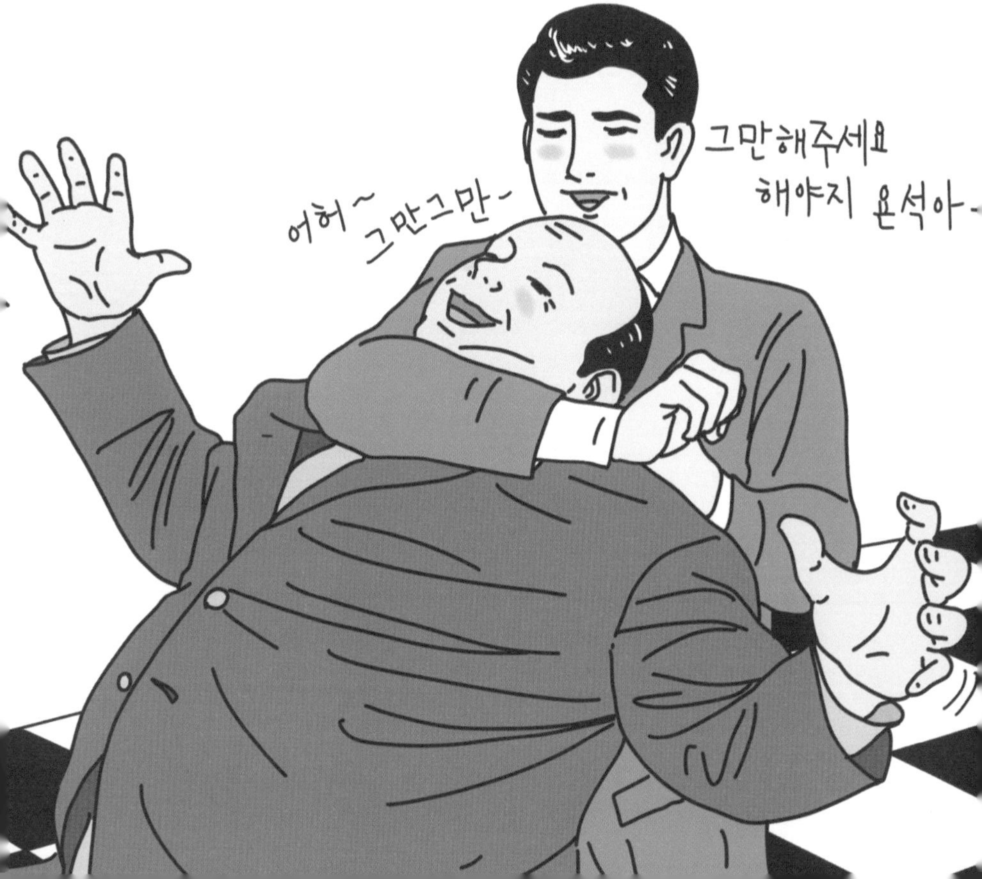
어허~
그만그만~
그만해주세요
해야지 윤석아~

(7년째 듣는 얘기)
우리 땐 말야…
(3년째 듣는 얘기)

(5년째 듣는 얘기)
예! 예!
!
(신입 사원)
초롱초롱

지친 하루

"어머니, 잘 지내시죠?
전화 자주 못 드려서 죄송해요.
신입이라 업무가 많아서...
회사 분들은 너무 좋고 잘해주십니다.
다음 연휴 땐 꼭 내려갈게요!
건강 잘 챙기시고요.."

퇴(탈)

근(출)

퇴근
FREEDOM
脫出

세상 밖으로

퇴근

괜찮아, 어차피
안 괜찮으니까.

인체의 신비 ❸

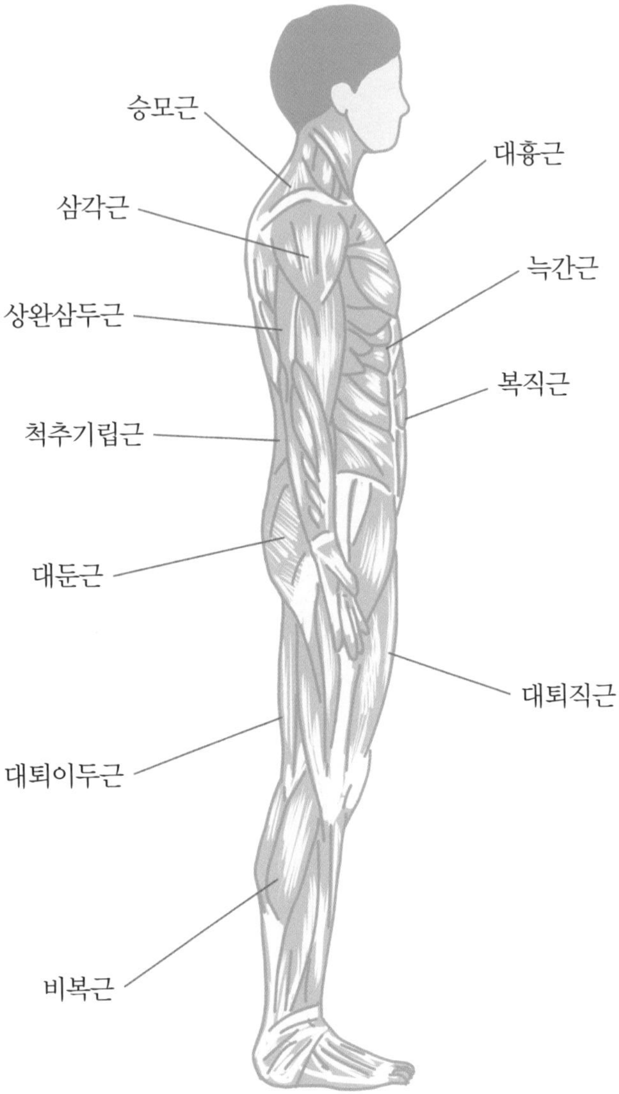
승모근
대흉근
삼각근
늑간근
상완삼두근
복직근
척추기립근
대둔근
대퇴직근
대퇴이두근
비복근

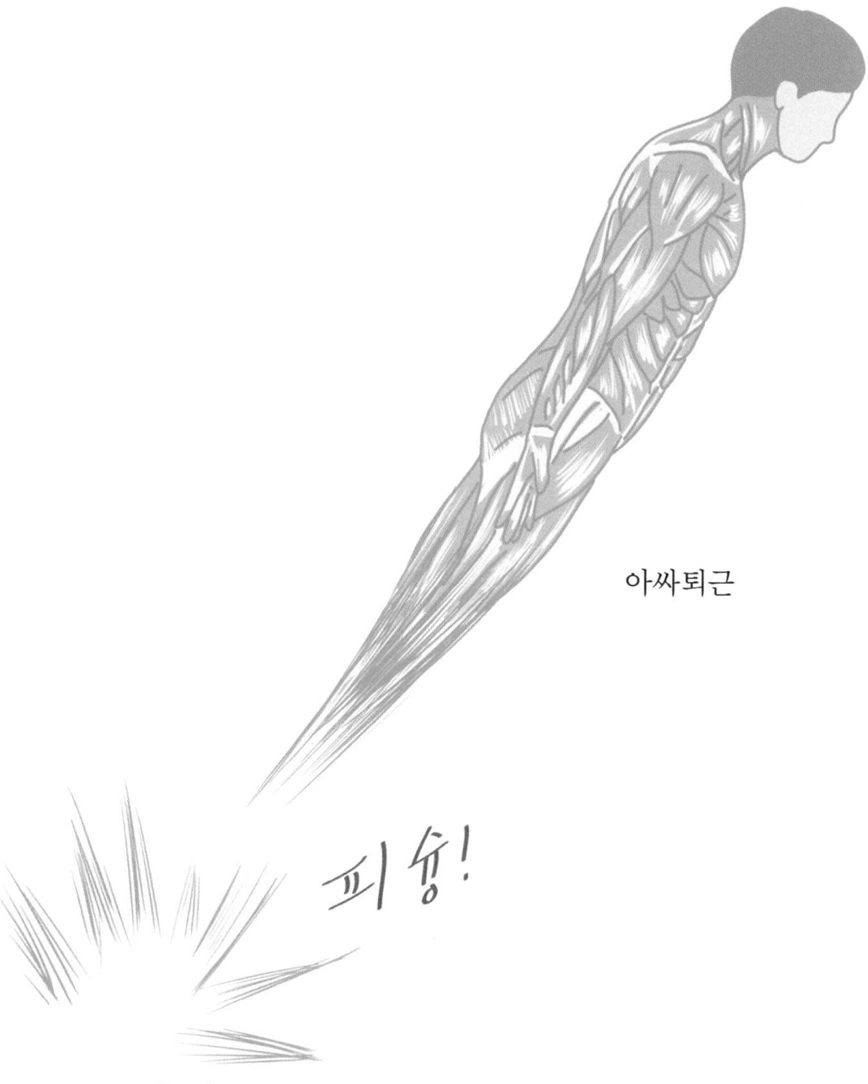
아싸퇴근
피슝!

그림으로 배우는 양치기의 사자성어 ⑥

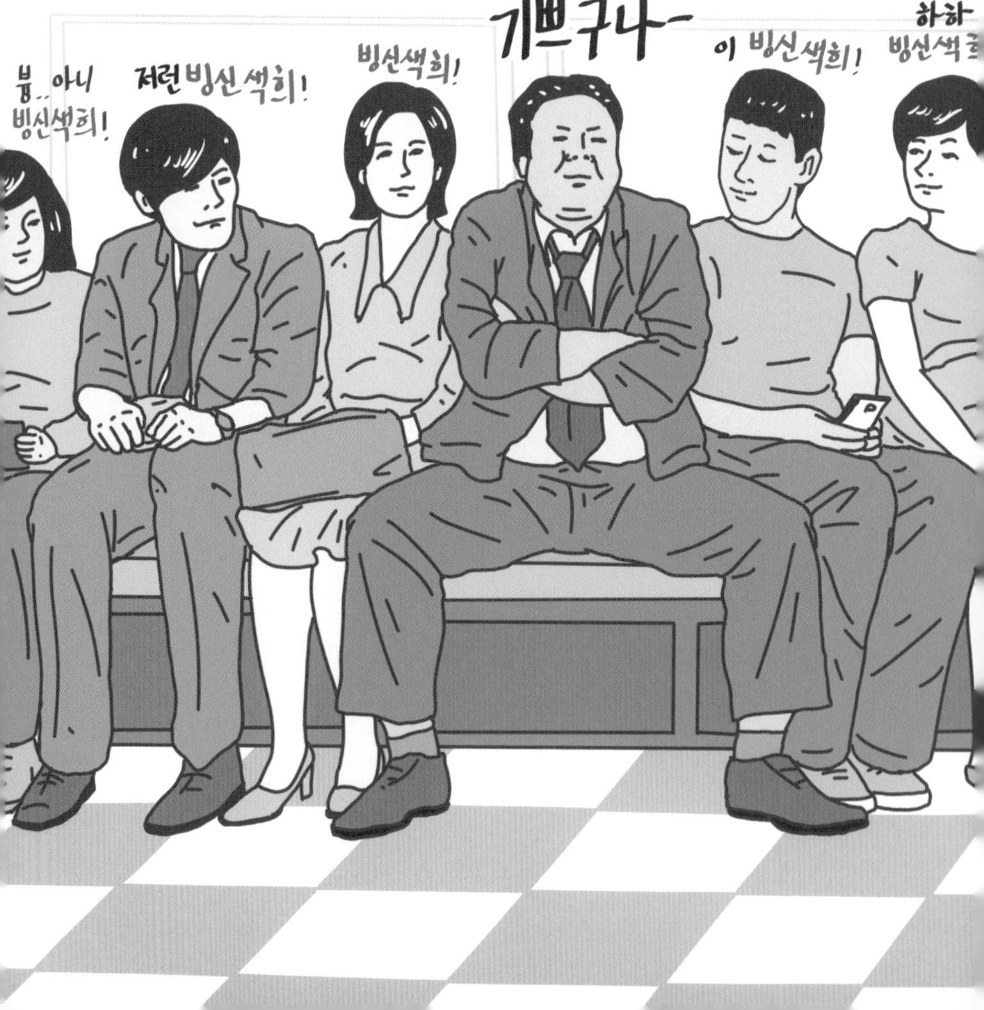
븅.. 아니
빙신색희!
저런 빙신색희!
빙신색희!
기쁘구나-
이 빙신색희!
하하
빙신색

따라서 써보세요!

빙	신	색	희
憑	身	色	喜

뜻: 몸을 기대어 기쁜 상태.

무슨 수를 써도 알 수 없는 수의 세계

땅
부동산
응? 0을 잘못 셌나?
매매
전세
월세
일 십 백 천 만 십만
백만 천만 일억 십알

약속은 많았지만
결국 집으로…
강소주 한 병 까고
잘래..
지쳤어..

오늘이 무슨 요일이더라…
예능 재밌는 거 했음 좋겠네…

그리운 엄마밥

오늘도 변함없이 도형놀이.
네모, 세모, 동그라미...
그리워라
엄마밥...

저녁에 운동하니깐
좋다. 그치?
호호-
내맘 같은 년
아니. 치맥이나
하러 가자-
말걸지 마
현기증 나니깐..
DIET

진정한
친구

책 덮고 지금 전화 한 통 하세요.

"응, 엄마.
밥? 먹었지.
아니야. 별일 없어.
알겠어, 전화할게."
그래도
백 프로 내 편,
엄마뿐...

드
더

저
말!

영원히 오지 않을 것만 같았던
그날이 왔다.

주말
刹那
USAIN BOLT

워어어어어얼
화아아아아
수우우우
모옥
금
퇼

주말

워어어어얼화아아
아수우우모옥금퇼

土
야르~
日
잇힝~
日
土

우리의 소원은

토일~♪

꿈에도 소원은

토일~♪

이 정성 다해서

토일~♪

토일 이여 오라.

단기 기억상실증

우리 이제 모할까?
맛난 거 먹으러 가자!
방금 먹고 나왔잖아 꿀때지픈-
기억이 없네 꿀꿀-

내 배는 네 네배!

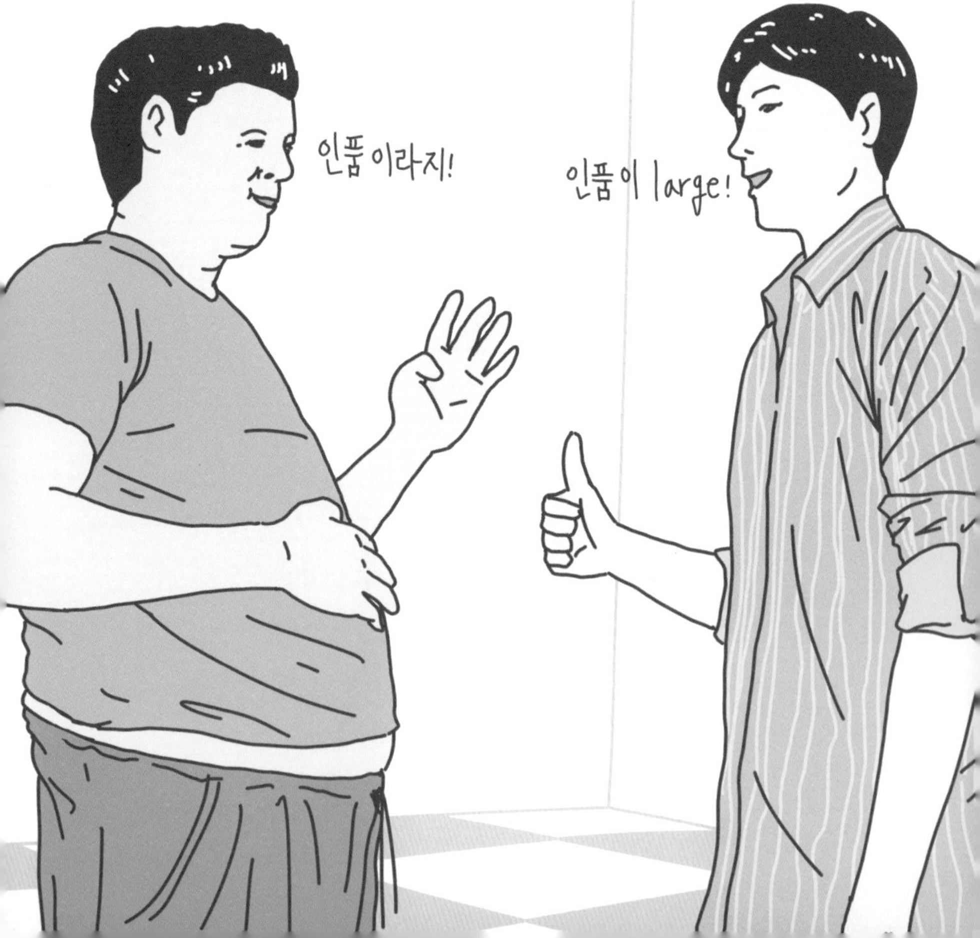
인품이라지!
인품이 large!

내배포.

승자 없는 싸움.
각 1패씩.

야! 김우빈 개멋있지 않냐?
내 스타일 아냐.
걔도 너 싫대
응. 너도 싫대

부끄러움이 많은 스타일이에요.

머리 어뜨케
해드릴까요?
(요즘 유행하는 스타일로
간지나고 멋있으면서
여자들이 부담 안 갖지만
오 저 남자 센스 있네
하는 그런 스타일로
구레나룻 남겨주시고
자연스럽게)
그냥 알아서
해주세요.

"어머! 이거 나한테 잘 어울리겠다!"
너한테도 안 어울려
"옷은 예쁜데 너랑 안 어울려"
호호- 내 스타일 아닌걸-

고마워 친구야.
그동안 즐거웠어.

난 참 바보처럼 살았군요.

두 시간
발랐는데~
scratch
상쾌하고 깔끔하게
양손네일 완성하니
기분이 날아갈 듯 좋아서
신나게 뚜껑 닫다가
찍혔네 나란년.

쿨하게 쿨~쿨~

간만에 여유롭게 독서를…
(쿨하게 쿨쿨…)
Z Z Z

이별의 아쉬움

막 친하지 않은 너지만
어쩐지 눈물이 나...
잘 가 내 친구야
잘 가 내 주말아
잘 가 내 5만원아

지피지기면
백전뱃살

나약한 내 자신과 싸우기 위해 체력보충 중

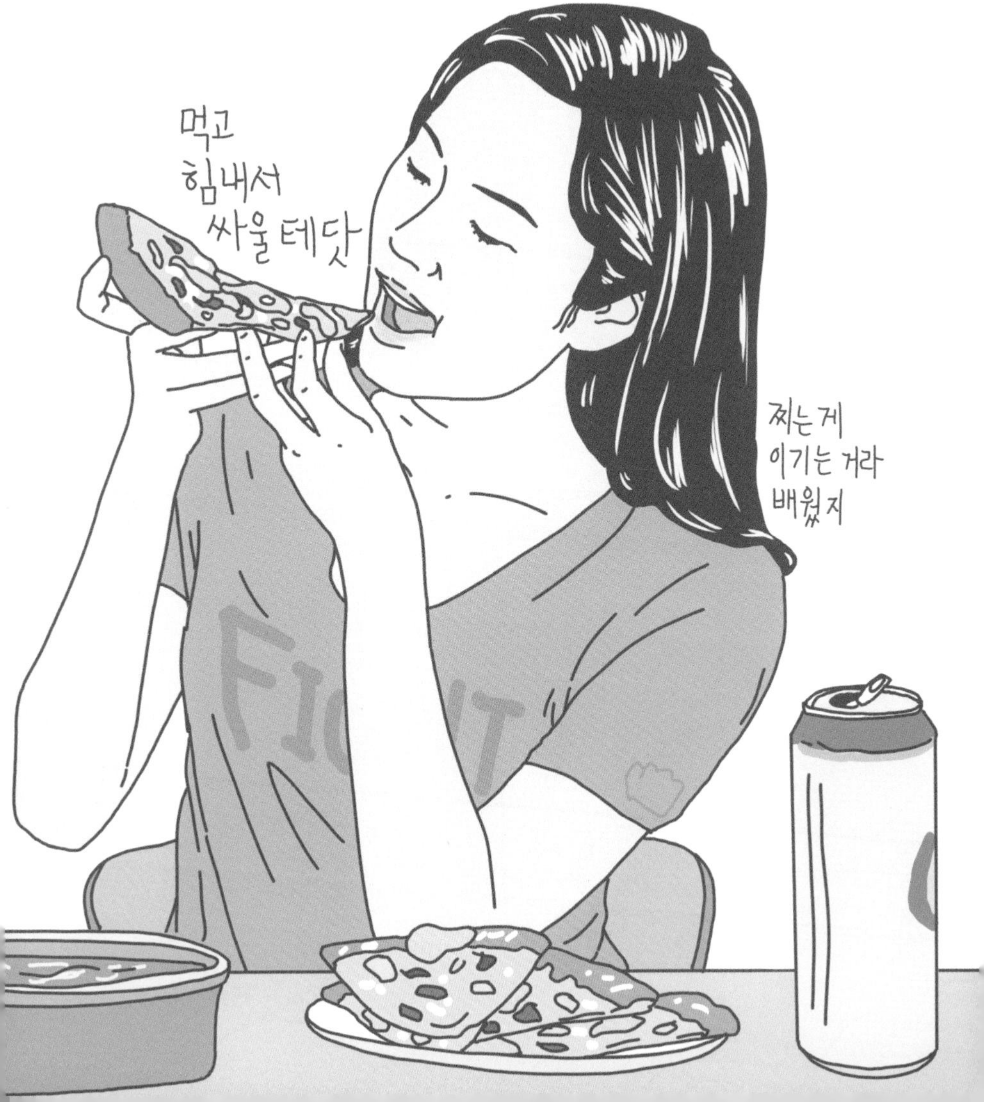
먹고 힘내서 싸울 테닷
찌는 게 이기는 거라 배웠지

이거 만든 색히 나와 하하 (썅)
너에게 당할수만 있다면

이거 만든 XX 나와.

• • •

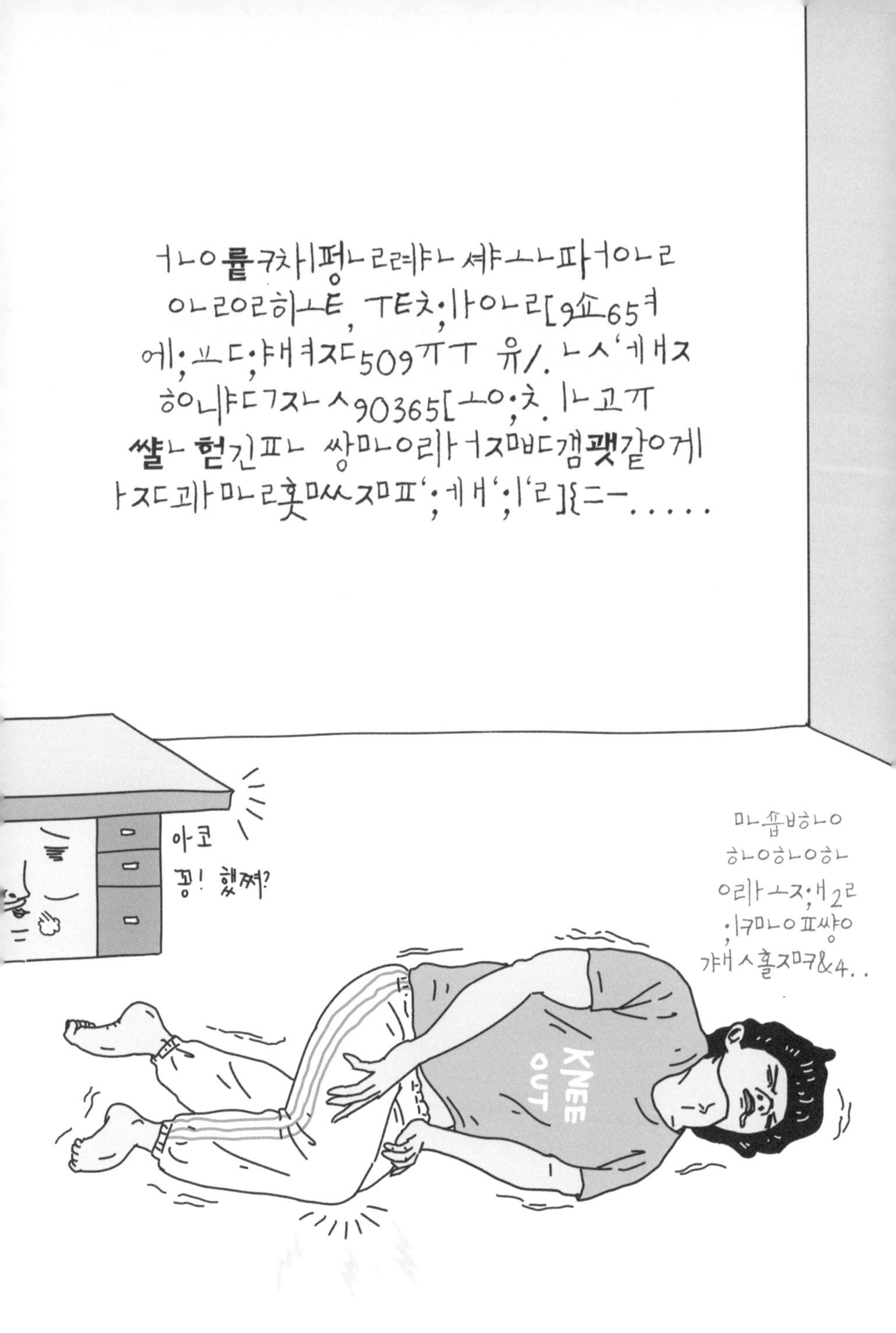
아코
꽁! 했쪄?
KNEE OUT

반바지 하나 추가요~!

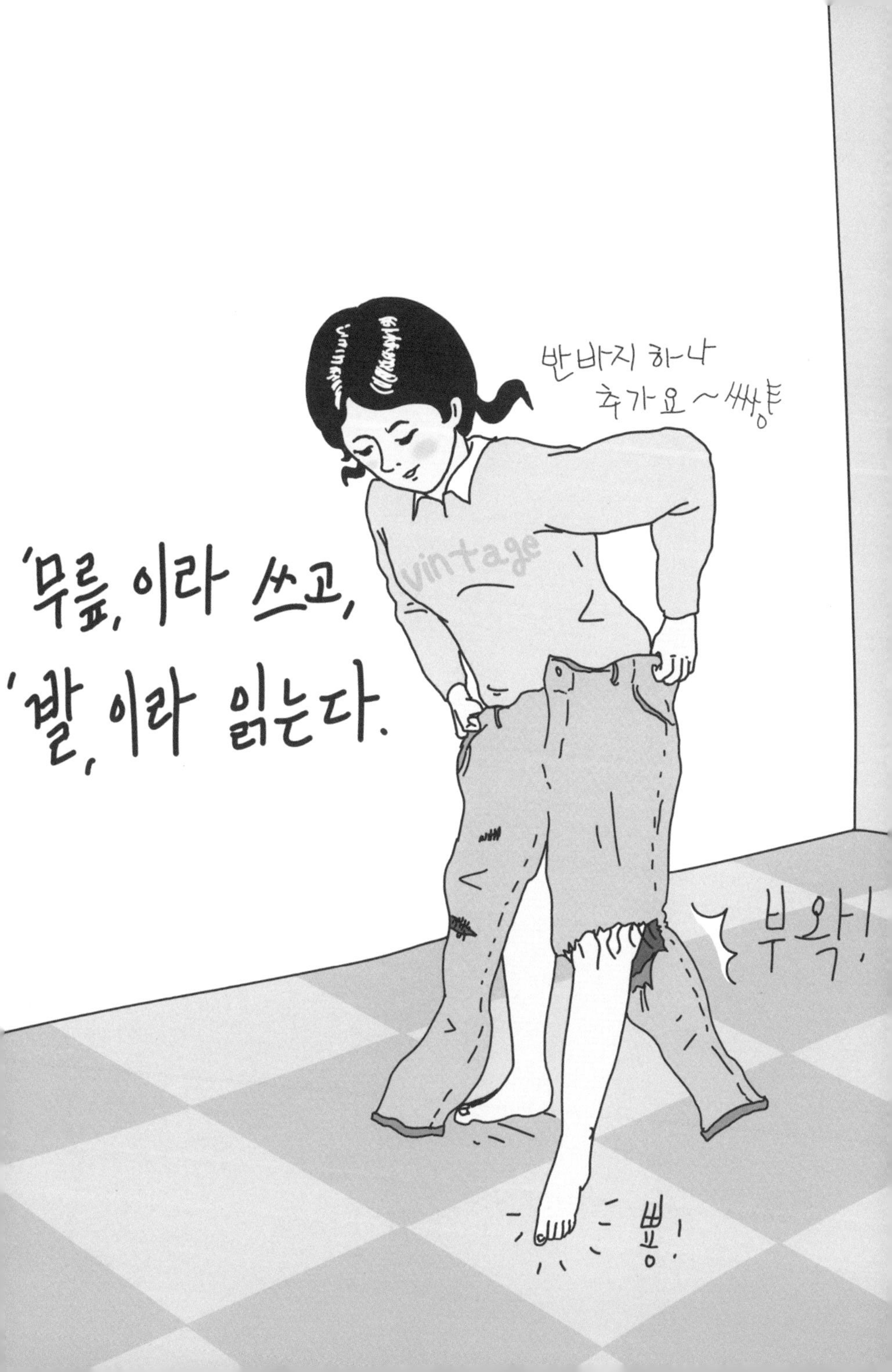
반바지 하나
추가요~ 쌩
'무릎'이라 쓰고,
'발'이라 읽는다.
부왁!
뿅!

다이어트를 위해
음식을 안 보이는 곳에 숨겨야겠어요.

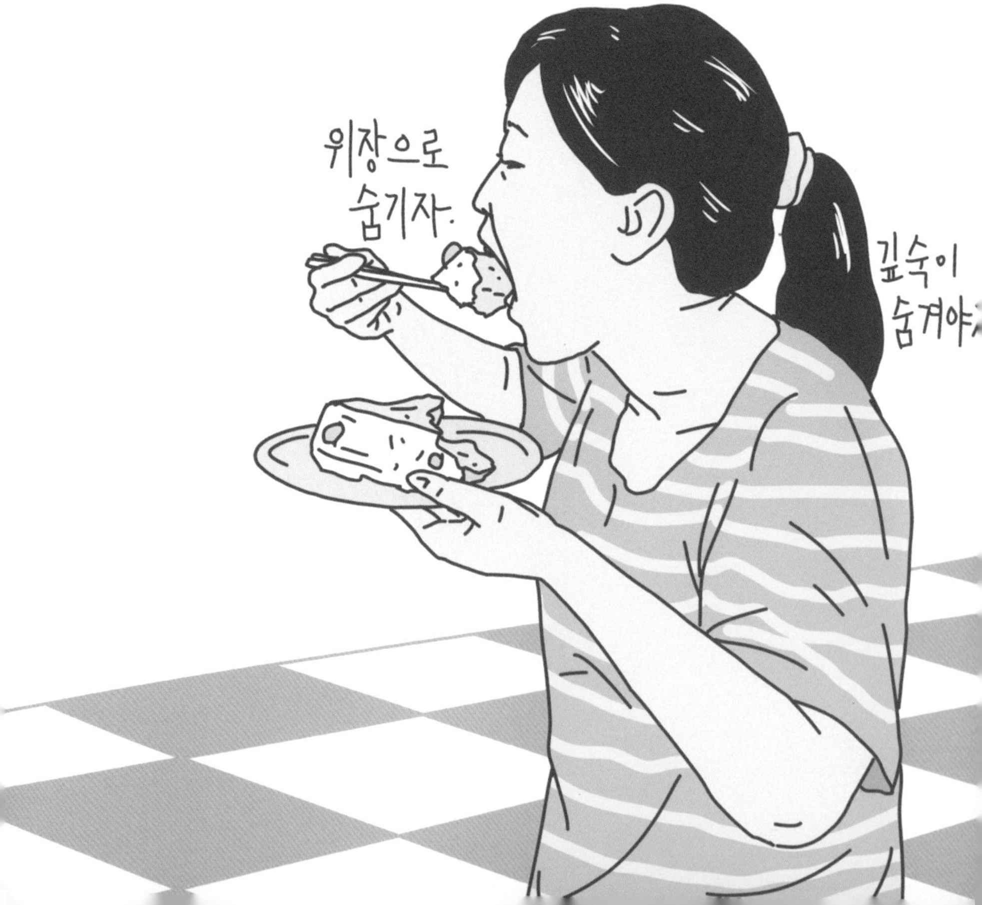
위장으로
숨기자.
깊숙이
숨겨야

#위장술
#푸드닌자

드디어 나와의 싸움에서 승리하였다!

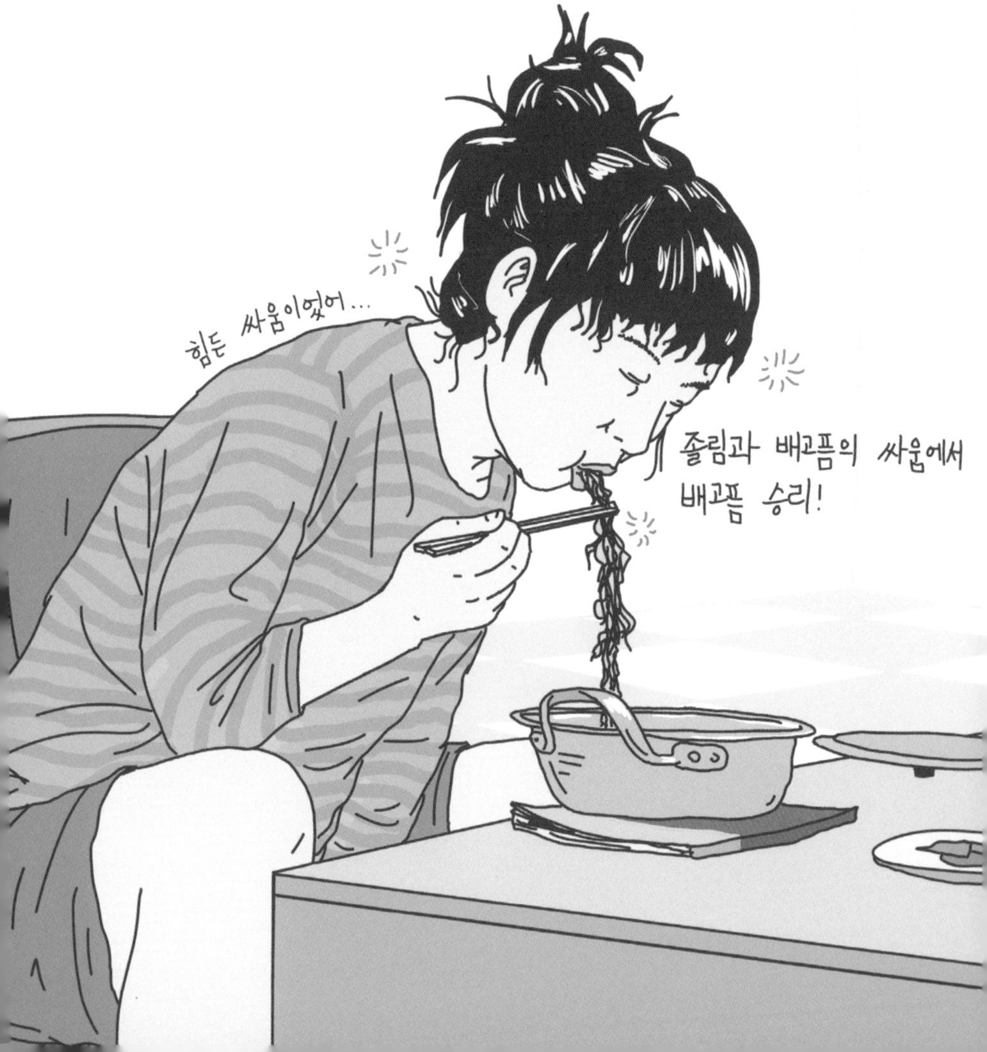
힘든 싸움이었어...
졸림과 배고픔의 싸움에서
배고픔 승리!

공복전쟁

또 한 치수 멀어져간다..
매일 이별하며 살고 있구나..

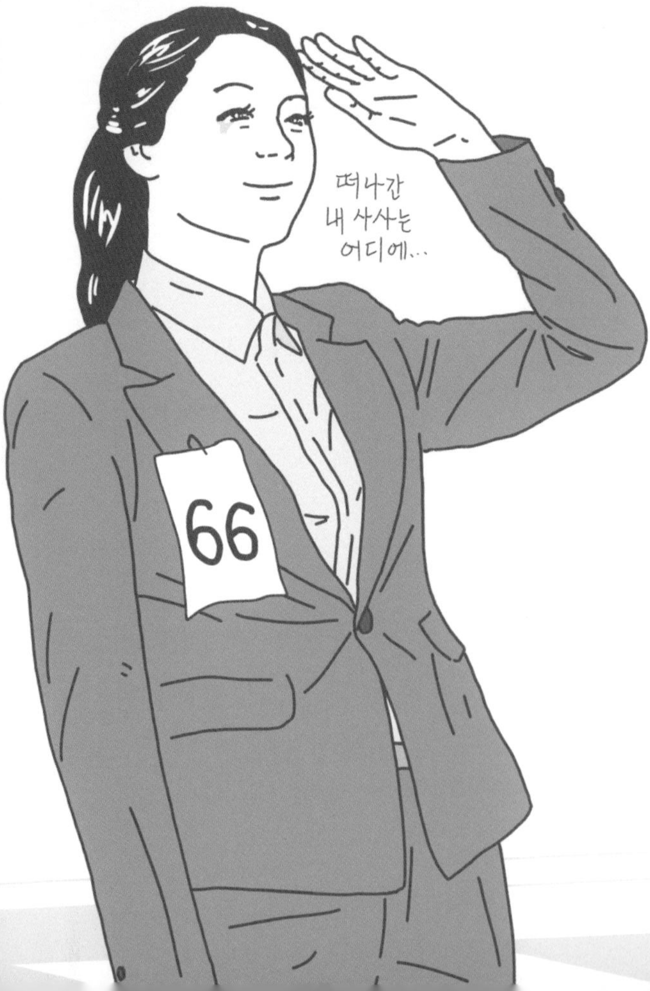
떠나간
내 사사는
어디에...
66

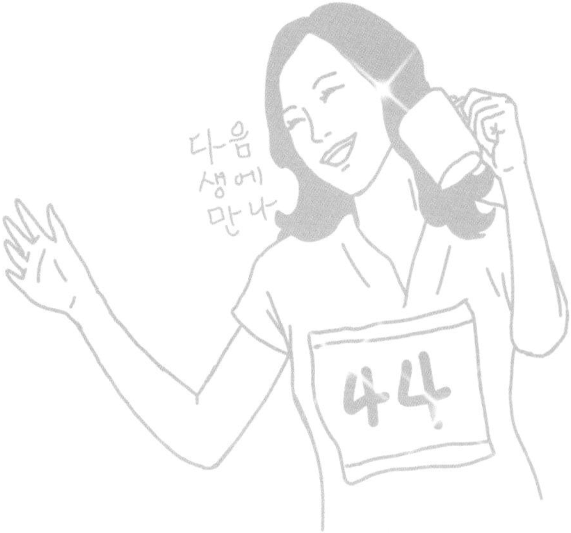
다음 생에 만나
44

사이즈음에…

도시 여자 st.

오늘은 한껏
멋부리고 나왔지만
약속도 갈 곳도 없으니
대충 도시여자
코스프레 하다가
집구석에 들어가서
개콘이나 보고
치킨 남은거 먹고
잠이나 자야지
(썅)
날씨
개좋네
(썅)

주말엔 머리도 하고
네일도 하고 쇼핑도 하고
친구도 보고 맛집도 가고
클럽도 가고 전시도 가고
계획만 많고 난 누워 있고
또 그렇게 하루가 가고...

쉬려고 일하는지
일하려고 쉬는지..

이게 사는 건가…

개콘이 어쩐지 슬프게만 느껴진다.

정신을 차리고 보니
아 십알 일요일 밤...
흑~
분명 아까
금욜 저녁였는데..
쌩~

월화~~수목구~~토일.
어제 무엇을 먹었나 확인하는 그런 습관.

토하고
일어나면
주말 안녕~
여.. 여기가 어디지..

넌 나에게 모욕감을 주었어.

꿈을 꾸었다.
주말이란 이름의 달콤한 꿈을...
달콤한 인생
나한테 왜 그랬어요...
PM 11:4

어느덧 어둠이 깔리고…
고요함이 요동칠 때…

그렇게 그는 내게 다가와
낮은 목소리로 속삭였다.

월요일